AF728011

Couvertures supérieure et inférieure
en couleur

# IPPOLYTE

## TRAGEDIE.

*Par de la* PINELIERE, *Angeuin.*

A PARIS,

Chez ANTOINE DE SOMMAVILLE, au Palai[s]
en la petite Salle, à l'Escu de France.

M. DC. XXXV.

*AVEC PRIVILEGE DU ROY.*

DON.

Yf 6183

# A MONSIEVR DE BAVTRV INTRO-ducteur des Ambassadeurs.

MONSIEVR,

*Ces Princes des Romans, & ces Heros imaginaires des pieces de nostre temps, qui pour auoir tant voyagé comme ils nous disent n'en sçauent pas plus de langues, & qui ne parlent iamais que François, ont meilleure grace dans le Cabinet d'vne Dame, que dans celuy d'vn homme de lettres: Mais Hippolyte à qui le langage d'Athenes est naturel, qui apprit celuy de Rome dés l'Empire de Neron, & que ie fais enfin discourir en nostre langue, auroit eu de la peine à se produire, si ie ne luy eusse faict ietter les yeux dessus vous, comme celuy de la Cour qui en ferez plus de-*

*ſtime ; & qui excuſerez mieux ſon mauuais François conſiderant qu'il eſt eſtranger, & iu-geant par ſes autres langues que vous ſçauez mieux que luy, qu'il eſt accouſtumé à dire des choſes excellentes, & qu'il ne parleroit qu'en Prince, s'il auoit encore le don d'exprimer bien ſes belles pensées. Ce ieune Seigneur le plus ver-tueux de toute la Grece, vient donc ſe preſenter à vous, auecque vn équipage à la Françoiſe, & vn nouueau train que ie luy ay donné ; & il vient vous entretenir comme le plus ſçauant homme que la Cour ait connu dans noſtre ſiecle : qu'il ſera eſtonné des merueilles qu'il treuuera dans voſtre eſprit, & qu'il ſera esblouy de ſes lumieres : Il aduoüera incontinent que ſon Pere Theſée ce grand Legiſlateur des Atheniens, qui adoucit auecque tant d'adreſſe les humeurs ſauuages & brutales de ſes peuples, & qui les rendit ſi ſocia-bles, n'eſtoit qu'vn mediocre Politique s'il oſe le comparer à vous : que vous euſsiez emporté tou-tes les couronnes de ſa ville, non pas dans ce ſiecle encore barbare qui le vit aimé de ſa Belle-mere, mais alors qu'Euripide le fit renaiſtre, & qu'A-*

thenes estoit le berceau de tous les esprits rares & le Throsne de l'eloquence. Que fera-il dauantage; Il confessera que depuis que Senecque l'eust fait passer dans l'Italie, il ne treuua point à Rome de iugement ny de prudence pareille à la vostre dedans cét illustre Senat dont les particuliers auoient esté pris plusieurs fois pour autant de Rois; qu'enfin la fortune quitta son bandeau pour vous faire les presens que vous auez receûs d'elle, & qu'elle ne vous porta point aueuglement dans ce lieu si éminent où vous estes consideré de tous les yeux de l'Europe. Et à dire le vray, Monsieur, le Roy monstre bien par les grands emplois où il vous occupe, & par la place qu'il vous donne auprés de luy, qu'il n'est pas de ces Princes qui imitent le Soleil, qui n'atyre à soy que des vapeurs ou des exhalaisons, & dont les rayons n'esleuent que des Atomes. Ie ne doute point qu'on ne me puisse reprocher la mesme chose, & que ie n'aye aumoins vn peu chocqué cét escueil où il s'échoüe de si grãds vaisseaux; Au lieu de donner vne belle Cour à mon Prince, ie ne l'auray entouré que de fous & de nains comme on fait les autres personnes de sa condition, & ie n'auray peut-estre donné à nostre Reyne que de fausses perles, & de petits morceaux de cristal au lieu de diamants. Il est pourtant assez difficile que i'aye fait beaucoup de faux pas, en marchant sur les traces d'vn grand Romain, qui m'a esclairé dans les destours qui estoient trop sombres, & qui m'a donné la main dans les passages les plus difficiles; Ie ne l'abandonne guere en cette piece, & ie fais comme les Aiglons qui apprennent à voler: ils sortent de l'aire sur le dos de leur mere, & s'estans hazardez à se laisser soustenir à leurs plumes, ils voltigent au tour d'elles, & puis retournent incontinent d'où ils estoient partis, quand ils commencent à se lasser. Aussi ne voudrois-je pas me dispenser à de longues courses, & m'esloigner si fort de mon suject que ie le perdisse de veuë; pour aller loing on n'ẽ treuue pas de plus belles choses, il y a des vaisseaux qui ont quasi vogué sur autant de mers, & veu autant de costes que la nauire victoire, & qui ne reuiennent chargez que de Magots & de coquilles; mais pour moy ie ne suis pas d'humeur à faire venir mes sottises de si loing, & ie ne vais *pas chercher mes mõſtres iuſques au milieu de l'Afrique. Au reſte à paſſer ſi promptement auprés des obiets dont ie veux faire le pourtrait, il eſt biẽ difficile que ie ne laiſſe de grandes beautez & des traits d'vne merueilleuſe importãce à la choſe que ie peins, ie ne ſçaurois auoir la patience de m'arreſter ſi long-temps à toutes mes demarches, & ſi ie voyageois ſur la mer, i'aurois de la peine à m'accommoder à l'humeur de ceux qui veulent moüiller l'Anchre à tous les ports, & aborder à toutes les Iſles. Quoy qu'il en ſoit ie me ſuis pourtant donné le loiſir d'adiouter aux inuentions de Seneque quelques vnes des miennes, auſsi bien toutes ſes penſées ne ſe pouuoient pas accommoder à la Françoiſe; toutes ſortes de fleurs ne ſont pas bonnes à tranſplanter, & quoy qu'on nous ait apporté nos tulypes du nouueau monde, nous n'auons pourtant pas emprunté tous les bouquets de ſes campagnes pour en embellir nos parterres. Vous remarquerez bien auſsi, Monſieur, qu'il manque des adouciſſements à mes tableaux, & que le coloris en eſt vn peu rude, & c'eſt encore là vn de n[o]s pechez originels, & vn vice où la na-*

ture m'engage; ie ne sçaurois suer ny m'endormir dessus mes ouurages, encore moins depuis qu'ils sont composez qu'à l'heure que ie les compose; I'aymerois mieux que les ourses fussent sterilles, que de leur voir lecher si long-temps ces masses de chair qu'elles auortent, & puis qu'elles ne les peuuent retenir dauantage dans leur matrice, il vaudroit autant qu'elles les laissassent tousiours imparfaictes; enfin i'approuue encore plus la façon d'engendrer des elephans, que celle des oyseaux; ceux-là sont long-temps à se former veritablement: mais ils viennent acheuez au monde, & les autres qui sortent sans vie, & sans aucune figure d'animal, doiuent estre encore couuez long-tẽps auãt que d'eclore, & de sortir de leur cocque. Par la confession que ie viens de vous faire de ce deffaut, vous iugerez sans doute Monsieur que ie serois plus propre au style comique, qui demande des gayetez & des saillies plustost que des Meditations; outre cela vous me direz encore que le ris siet bien à tous les visages, & qu'il n'y en a point qui pleurent de bonne grace, si ce n'est peut-estre cette Aurore des Poëtes, à qui les larmes seruent de perles & de diamãs. Il est vray que mon esprit ne faict rien qu'il ne s'eslance tout d'vn coup & violemment : mais aussi mes boutades sont plus serieuses que bouffonnes, & si ie marche viste & par saillies, ce sont plustost des pas d'vn homme en colere que d'vne femme qui danse. I'ay éprouué que ie ne me pouuois tenir ferme sur la panthe de la Commedie, & ne m'ecarter point de ce milieu qu'elle demande; ie rampe tousiours si ie ne m'esleue, & i'ay vn deffaut pareil à celuy de ce fameux Statuaire qui ne pouuoit faire que les Images des DIEUX : & ie ne laisse pourtãt pas d'aduoüer, qu'il est plus noble d'agir comme le Soleil & les Astres, qui aydent à produire des vers & des Lyons, & qui sçauent former des pierres communes aussi bien que des esmeraudes & des saphirs. Toutefois la saison commence à fauorizer mon humeur, & la mode du Cothurne est reuenuë; quoy qu'on n'ayme pas à voir répandre du sang, Il plaist pourtant dans les Tragedies aussi bien que sur les roses, & sur l'écarlate, on n'apprehende point les armes du theatre, car on sçait bien qu'elles ne sçauroient blesser personne;

*& ceux mesmes qui apprehendent le plus les tempestes, prennent plaisir à voir des orages en peinture, & à voir partir des nuës vne foudre qui ne les sçauroit blesser. Mais ie ne songe pas Monsieur, que c'est trop vous importuner pour la premiere visite; n'en aymez pourtant pas moins Hippolyte quoy qu'il en soit cause, & s'il se treuue encore quelque Mõstre qui le veille perdre, aydez luy à le combattre ie vous en supplye, donnez luy vn Azyle dans vostre Cabinet, & pour comble de faueurs permettez que ie me die,*

MONSIEVR,

Vostre tres-humble & tres-obeissant seruiteur
de la PINELIERE

# PREFACE

## SVR L'HIPPOLYTE de Monsieur de la PINELIERE.

### *Par le sieur de* HAVTGALION.

LEs plus belles veritez treuuent leurs incredules, & les plus grossieres erreurs leurs partisans; celles-cy ne sont point pour cela plus aymables, ny les autres moins éclattantes. Ceux qui ont le goust malade pour les cerises & les melons ne leur ostent rien de leur delicatesse, & Celles qui flattent leur appetit auecque de la cendre & du charbon, n'authorisent point pour cela leur ragoust, & n'empeschent pas qu'il ne passe pour vne chose tres-mauuaise. Bien qu'il y ait diuers sentiments sur vne matiere, neantmoins elle est tousiours elle mesme, & il n'y a que les idiots qui en demeurent au rapport des autres. Les esprits desabusez des sottises du vulgaire ne se laissent point surprendre aux apparences, & la plus belle Apologie ne les empescheroit point de condamner les coupables. Ce sont de belles lumieres à qui rien ne se peut cacher, ils font briller la verité au trauers des plus noires medisances, & nous éclairent pour aler decouurir des defaux au milieu des approbations presque generales. Pour leur paroistre beau il n'y a point d'autre moyen que de l'estre, & vne preface remplie d'excellentes pensées & des plus belles Images qu'on puisse voir en vn discours ne leur feroit point treuuer bõ vn ouurage mediocre, ny excuser le moindre de ses deffauts. Aussi n'est ce point ce qui m'a sollicité de faire celle-cy, Hippolyte n'a pas besoin d'ẽprunter des beautez estrangeres, il n'a qu'à paroistre pour se faire aymer, & ceux qui ont differé à luy vouloir du biẽ ç'a esté pour ne le cõnoistre pas. Ce n'est point par de mauuaise prose que ie pretens faire admirer de beaux vers, & si cette Tragedie pour estre bien receuë auoit besoin d'vn discours enrichy de toutes les graces de l'eloquence pour l'entreprendre, il ne faudroit pas estre moins poly que son Autheur, il faudroit pouuoir farder la Poesie auecque autant de grace comme il la defigure dedans son PARNASSE, où il nous faict voir que pour estre bon Poete, il ne laisse pas d'estre excellẽt orateur, & que si le beau tour de ses vers le faict prendre pour le mignon des Muses, la iustesse de ses periodes qui font naistre vne si douce harmonie, nous monstre bien qu'il n'est pas moins fauory de Minerue. Ie serois ridicule si en attachant ce discours au commencement d'Hippolyte ie croiois y adiouter de l'ornement, & ce seroit penser que les approches du marbre pussent releuer l'eclat des esmeraudes & des diamants. I'espere pourtant que l'on ne condamnera point ce tesmoignage de mon affection & de mon sentiment ; & au pis aler si on prenoit les voix pour demeurer d'accord de la bonté de cette piece, i'ayderois tousiours à le faire emporter au party de la verité. Mais nostre Hippolyte aprés auoir paru sur le theatre auecque tant d'honneur, & vne haute approbatiõ des Maistres de l'art qui peuuent prononcer sur de semblables matieres, & dont les iugements seul à seul contrepesent pour le moins vne foule de petits Poetes, ce seroit luy faire tort que de prendre aduis de certains esprits sales & r'abaissez que l'on pourroit conter parmy les reptiles, & qui n'en sont pas là de pouuoir iuger des bonnes choses. Ces esprits s'ils ne s'éleuent au dessus de l'étage où ils sont, ne remarqueront iamais cette agreable pompe qui accompagne toutes les demarches d'Hippolyte, & pour bien distinguer les beautez de ce rare portrait que son Autheur nous donne en la description des ombres des morts il faut auoir la veuë meilleure qu'ils n'ont pas: Ie le veux mesler dedans cette Preface afin qu'elle en reçoiue de l'embellissement.

*Mille fantosmes vains & sans vie & sans corps*
*Volent confusement dans ce cachot des Morts:*
*Ainsi quand vn Milan part, & quittant la Terre*
*S'esleue en cette plaine où gronde le Tonnerre,*
*De son aisle estenduë arestant vn rayon,*
*Il fait tousiours sous luy de soy mesme vn crayon.*
*Cette ombre dont sa course en tous lieux est suiuie,*
*Est vn oyseau visible & sans corps & sans vie*
*Tels alentour de nous on voyoit approcher*
*Ces fantosmet qu'en vain on eust voulu toucher.*

Pour remarquer parfaictement toutes les graces de cette Description, il faut considerer que tous les Poetes du Paganisme nous disent tousiours des Manes de leurs trepassez qu'ils estoient visibles, & pourtant qu'ils n'auoient point de corps, ce qui semble choquer le sens commum & toute la Philosophie: mais ces vers expliquẽt cela par vne si belle cõparaison que l'õ ne sçauroit trop s'estonner cõment les Anciẽs qui auoient la veuë si bõne n'õt point apperçû vne chose qui estoit si remarquable dãs vne matiere dont ils parlẽt ordinairemẽt. Et de vray puisque Seneque mesme semble n'auoir pû exprimer ces choses que par le silence, & que son *populos leues* en la description qu'il fait des Enfers dãs l'Hercule Furieux est le plus beau mot dont il ait pû embellir ce suiet, laissant à nostre imagination à se figurer ces ombres comme bon luy semble pour n'auoir point de pinceau qui les puisse representer telles qu'elles sont. Les bons esprits admireront celuy qui a enchery sur vn homme que toute l'antiquité nous vante, en nous faisant voir ces ombres aussi clairement que si nous auions fait le voyage auecque Thesée, & en adoreront aussi volontiers le tableau comme l'on faisoit autrefois les beautez du Soleil & des Astres. A parler franchement cela me rauit quand ie considere que ce que les profondes Meditations d'vn Orateur ne pourroient representer que grossierement dans la libre estenduë des periodes, est exprimé auecque tant de pureté dans vne façon décrire si reserrée & contrainte, & où les plus belles pensées seroient difformes, si la iuste cadence & mesure des vers n'y estoient entierement obseruées. Ie serois marry que l'on crust qu'en parlant d'vne façon d'écrire resserrée, ie voulusse dire que cette Piece n'est qu'vne pure traduction de Seneque, ceux qui connoissent l'humeur de son Autheur sçauent qu'il est trop libre pour se captiuer de la sorte, & nous n'aurions pas tant de belles productions de son esprit que nous admirons, s'il s'estoit estroittement attaché à Seneque, & qu'il se fust amusé à suiure ce bon vieillard pas à pas ; Il a bien eu le mesme dessein que luy, mais il l'a embelly auecque des ornements dont il n'est redeuable qu'à soy-mesme ; & quand bien Seneque le prendroit à la rigueur de luy faire restituer ce qu'il a pris chez luy, il ne perdroit pour le plus que cent vers qui sont glorieux d'estre si bien habillez à la Françoise, & tiennent à honneur de se treuuer en vne si illustre compagnie. Celuy qui auroit entrepris de bastir vn Temple à la moderne & qui auroit decouuert de nouueaux secrets en cét art, ne luy restant plus que de treuuer vne matiere assez digne pour les y appliquer, ne commettroit point d'impieté en arrachant d'vn vieux Temples quelque piliers de Iaspe où de Porphyre, & quelques statuës d'or & d'argent pour leur donner vne nouuelle forme & les dedier au mesme Dieu auquel auparauant elles estoient consacrées. Ce Roy qui arracha la barbe au bon Esculape & qui le despoüilla de son manteau n'auroit point esté consideré comme sacrilege, s'il auoit employé cét or à luy dresser des Autels, afin de rendre par ce moyen cés richesses plus éclattantes. Quelque peu que l'on ait lû les Tragedies de Senecque l'on y a remarqué ce beau vers qui a beaucoup de solidité:

*Occidere est, vetare cupientem mori.*

Il faut auoüer que cette Sentence à assez de force pour nous conuaincre; mais elle a trop peu de beauté pour nous charmer; l'Autheur de nostre Hippolyte se sert bien des mesmes armes pour nous surmonter: mais outre la force il y adiouste encore l''éclat & le lustre; & il ne se contente pas de nous dire des choses solides, il veut encor qu'elles ayent ce beau dehors qui rauit tout le monde. Au lieu du vers precedent, voicy comme il parle.

*M'arestant, tu me faicts plus lentement mourir,*
*Et le bras qui retient le poignard qui nous tuë,*
*En empeschant le coup luy mesme l'effectuë.*

C'est de cette façon qu'il prent de Seneque, & ie pense qu'en cela il est aussi peu coupable que celuy qui planteroit dans le iardin de son voisin des tulypes & des anemones: Tout ce qu'il a emprunté des vers Latins ç'a esté pour en faire de semblables poutraits, qui peut-estre ne sembleront pas assez bons, pour n'estre pas veritables & flatter vn peu trop leurs originaux. Il faut dire le vray, il ſçait merueilleuſement bien embellir & donner des ornements à vne matiere, & ie penſe qu'il nous pourroit faire prendre toutes les femmes pour des Reynes, s'il prenoit la peine de les parer. Neantmoins il me ſemble que lors qu'il nous donne quelques raiſonnements qui ne releuent que de luy, & qu'il veut s'eſleuer ſans eſtre ſouſtenu d'aucune force eſtrangere, c'eſt alors qu'il paroiſt le mieux. Il nous fait bien voir que ceux qui ont aſpiré à la perfection, n'ont point tellement remply tous les chemins qui y meinent, que l'on ne puiſſe découurir d'auſſi beaux ſentiers comme eux qui conduiſent au meſme lieu ſans qu'il faille marcher ſur leurs pas; Lors qu'il a voulu faire deſtourner vne Reyne de ſon amour affin d'étouffer vne paſſiō qui peut eſtre impudique, & trop violente ne luy pourroit eſtre que perilleuſe, ce n'a point eſté Senecque qui luy a faict dire ces vers.

*Penſez bien que ce Throſne où vous mirent les Cieux*
*Vous expoſe aux regards des hommes & des Dieux,*
*Que ce haut lieu vous met en butte à la tempeſte,*
*Que ce peuple abaiſſé dont vous foulez la teſte*
*Auec mille yeux ouuerts veille à vos actions:*
*Et qu'on ne luy ſçauroit cacher vos paſſions.*

Si Phedre auoit entendu de ſi belles raiſons, il ne luy auroit reſté de l'amour que pour celuy qui les luy auroit dites, & elle auroit bien toſt conſideré que le Throſne n'authorize point le vice, que le rang qu'on tient au deſſus des autres, ne ſert bien ſouuent qu'à rendre les mauuaiſes actions plus criminelles, & que les Roys qui ſont comme de grandes lumieres dont l'éclat éblouït les peuples, ne peuuent eſtre dans le dereglement qu'on ne le connoiſſe auſſi-toſt comme on feroit celuy des Aſtres & du Soleil, & que ſi le moindre deſordre de

ceux-cy

ceux-cy change les saisons & trouble toute la nature, les mauuais deportements des autres sont bien souuent causes de la desolation des peuples, & sont tousiours des Images sales qui se font voir aux yeux de tout vn monde. Pour peu que nostre Reyne se fust arrestée à mediter sur ce sujet, elle auroit rompu le dessein de perdre son Hippolyte, & n'auroit point esté plus brutale dans sa cruauté que les Tigres & les Lions, qui au milieu de leur plus grande rage sçauent bien épargner ce qu'ils ayment. Mais elle croyoit peut-estre que le tonnerre ne gronde que pour épouuanter le petit peuple, & non pas pour menacer les Roys, que la foudre n'ecrase & ne consume que les maisons couuertes de chaume, & qu'elle conserue du respect pour l'or & l'azur des Palais. Flattée de cette opinion elle abandonnoit entierement sa raison à son humeur, & estant dans son Cabinet elle croioit estre aussi bien à couuert des vangeances du Ciel comme de la pluye & de l'iniure des saisons: pour se détromper elle auroit eu besoing de lire ce que ie ne crains point de mettre icy puis qu'on ne se peut lasser de voir les belles choses.

*Ces Marbres arrachez du centre de la Terre*
*Et que le luxe esleue où se faict le Tonnerre*
*Sont tousiours dans l'orage & parmy les éclairs*
*Et sentent les premiers la cholere des airs,*
*Ces Magnifiques tours sont en bute aux tempestes,*
*La foudre abat souuent leurs orgueilleuses testes,*
*Et tel en esleuant vn ouurage si beau*
*Croit bastir vn Palais qu'il batist vn Tombeau.*

Veritablement la beauté de ces Moralitez me charme, & ceux qui ont le goust des bonnes choses, auoueront qu'elles doiuent l'emporter par dessus celles de

Seneque, ſi ce n'eſt que celles-cy fuſſent venerables à cauſe de leur vieilleſſe, ou qu'elles treuuaſſent encore des flatteurs depuis tant de ſiecles que leur Autheur eſt hors du monde. Ceux qui connoiſſent celuy de cette piece s'eſtonneront de voir qu'en vn âge où l'on eſtime ceux qui ne font point d'impertinẽces, il nous apprenne de ſi belles choſes. Parmy les preſents que nous donne la Nature ceux là remportent le prix qui ſont comme les auancouriers des autres, en nous venans beaucoup pluſtoſt qu'on ne les oſoit attendre. A cette conſideration ils ont l'honneur d'eſtre preſentez aux Princes & aux Roys, & l'on a meſme quelque ſorte d'Amour pour les arbres qui nous donnent des fruits en leur maturité lors que les autres ne font que d'éclore. La vertu a de nouueaux attraits quand elle eſt logée dans vne ieune Ame, & à y bien penſer cela eſt merueilleux de voir commencer par les meſmes habitudes que la vieilleſſe ne ſe propoſe qu'au bout, & pour la recompenſe de ſes belles actions. Quand i'attache vn peu mon eſprit à vne Meditation ſi agreable, me ſouuenant de ces Lacedemoniens qui venoient au monde auecque des lances, il me ſemble que ie voy n'aiſtre des enfans auecques des Couronnes, & que ceux qui conſiderent de ſi beaux prodiges, concluent auſſi-toſt que ce ſont des marques de Royauté & d'vne puiſſance legitime. Ie ne mets point en doute que ces Tyrans qui veulent vſurper ſur les eſprits vn Empyre qui ne leur appartient pas, voyans tant de merueilles qui peuuent iuſtement remplir le Throſne de l'honneur & de la gloire, ne s'efforçaſſent d'en obſcurcir l'éclat s'ils oſoient l'entreprendre : mais quand ils verront noſtre Hippolyte au milieu de tant de gardes qui l'enuironnent, ils n'oſeront i[...]lement l'aborder ; tant de beaux vers que les premi[...] Poetes de noſtre temps luy ont donnez, marquent aſſe[...]

hautement son merite, & pourroient rendre les plus insolents respectueux, si d'ailleurs il ne portoit pas sur le front cette Majesté qui peut arrester le bras des meurtriers, & qui estonna ceux qui auoient entrepris de perdre cette fameuse Princesse Olympie. Au pis aller il y auroit plus de peine à étouffer cét ouurage que l'on n'en a eu à le faire naistre, & il ne sera pas de luy comme du reste, ou pour le moins de la plus grande partie des belles choses, qui demandent plusieurs années pour s'éleuer en vn lieu d'où elles peuuent tomber en fort peu de temps. Ce Temple qui se fist conter parmy les miracles, & qui estoit vn si long trauail, ne seruit que pour vn repas à la folle ambition de celuy qui voulut s'éterniser par des ruines si remarquables: L'ō pourroit brusler plusieurs villes & mesmes des Royaumes entiers, pendant que l'on esleueroit vne seule tour, tant il est asseuré qu'il est plus aisé de destruire que de bastir, & qu'vn seul incendie peut enseuelir sous des cendres le trauail de tout vn peuple & de plusieurs siecles. Mais cette piece ne releue point d'vn si mauuais sort, & il faudroit incomparablement plus de temps à la ruiner qu'il n'en à fallu pour la faire, puis qu'il est vray (& ie parle auecque connoissance de cette verité) qu'elle n'a cousté à son Autheur que le diuertissement de quinze iours. L'on pourroit dire qu'vne naissance si prompte & si aysée n'adiouste rien à la beauté essentielle de la chose, & que l'éclat des diamans n'est pas moindre, bien que le Soleil employe des siecles pour les produire : Aussi on m'auouëra qu'elle n'en retranche rien, tant s'en faut si elle ne nous donne de meilleures choses, elle y adioute pour le moins l'abondance; & parmy ceux qui se meslent d'escrire de si beaux excés ne sont pas ordinaires, & sont tousiours plus aysez à corriger que le defaut. Ceux qui auroient l'esprit fort & assez present pour discourir chaque iour en vne assemblée celebre, & auecque des raisons aussi conuaiquantes que si elles estoient les meditations d'vne année, pourroient aysement mettre des bornes à leur eloquence, & ne la faire paroistre que plus rarement: Mais ceux à qui vne periode est vne lõgue coruée, & dont les demarches sont si lentes qu'on ne les peut apperceuoir, quelque effort qu'ils fissent à se surmonter eux mesme, ils ne sçauroient auancer, par ce qu'ils n'ont aucune disposition à vne course plus legere: Et à les voir trauailler auec tant de pesanteur, l'on auroit sujet de croire que leurs ouurages sont reseruez pour vn autre siecle, puis que le nostre n'en peut pas voir l'acheuement, & qu'euxmesmes pour en venir à bout ont besoing d'vne vie plus longue que le cours ordinaire des autres. Si l'Orateur de la Grece n'auoit reconnu en soy vn autre Genie, il ne se seroit pas vanté de parler sur le champ de telle matiere que l'on treuueroit bon de luy proposer, & auecque tant de force que de toutes les volontez de ses Auditeurs il n'en feroit qu'vne semblable à la sienne; Sophocle ne nous auroit point donné cent & vingt & trois Tragedies, s'il auoit esté de cette humeur, & ie ne m'enhardirois pas de vous en promettre autant de l'Autheur de nostre Hippolyte, si celles que nous auons desia de luy n'estoient en plus grand nombre à proportion de son âge. Certes ceux qui verront tant de beautez en celle cy ne pourront croire qu'elle ait si peu cousté de temps: mais ils ne s'en doiuent point estonner, puis qu'vn bon esprit peut aussi aysément nous donner des choses qui nous rauissent, comme vn idiot des resueries & des sotises: Celles qui ont mis des Heros au monde n'y ont point eu plus de pene que les autres qui ne l'ont remply que de monstres, & ce Prince que sa bonne mine fit prendre pour vn valet, estoit aussi bien l'ouurage de neuf mois, comme celuy dont les charmes donnerent de l'amour au plus ſage des Philoſophes. Seulement il faut demeurer d'acord que c'eſt vn merueilleux ſurcroiſt aux bonnes choſes, quand elles naiſſent ſans force, & comme d'elles meſmes, & il ſemble que ce ſoit en quelque façon imiter Dieu, ce rare & excellent ouurier, qui d'vne parolle fit vn Monde. Quoy qu'il en ſoit c'eſt touſiours donner beaucoup auec peu de peine, & bien que cette belle deſcription des Enfers qui eſt dans cette Tragedie, ſemble meriter toute ſeule autant de temps comme l'Autheur en a employé à toute la piece, cela n'empeſche pas que ce ne ſoit le fruict d'vne matinée. L'on pourra treuuer eſtrange qu'apres auoir meſlé des vers dans cette Preface, i'aye oublié ceux de cette deſcription comme des plus beaux, & meſmes ceux de ce ſanglant pourtrait d'Hippolyte, où nous voyons ſon corps en tant de pieces, que nous ne pouuons nous imaginer que Diane les ait ramaſſées, ny qu'Eſculape luy ait redonné la vie: Mais ce n'a point eſté mon deſſein de mettre icy toutes les belles choſes, il n'y en a que quelques-vnes qui pouuoient ſe détacher ſans ſe rompre, & qui neantmoins y ſont comme languiſſantes; pour les conſiderer en leur luſtre donnez vous le contentement de les voir dans ce beau tout qu'elles compoſent, & qui ne peut-eſtre deſagreable, puis qu'il a de ſi belles parties.

# AV LECTEVR

CEVX qui ont vne grande connoissance des Poetes de nostre siecle, sçauent bien que l'Anjou n'en a guere donné encore à la Cour, & m'auroient conseillé peut-estre de taire mon pays plustost que de le mettre en gros caracteres au frontispice de cét ouurage. Comme les differens Clymas font naistre des hommes auecque des humeurs & des qualitez differentes, on nous attribuë volontiers les vices & les vertus qui se rencontrent d'ordinaire en ceux de nostre Prouince; Vn Espagnol ne sçauroit faire qu'il ne passe pour Ambitieux, ny vn Suisse pour Yurongne dans la France; pour estre estimé autrefois poly dans la Grece, il ne failloit que se dire d'Athenes, pour auoir la reputation, de vaillant il falloit estre de Lacedemone, & maintenant pour se faire croire excellent Poete, il faut estre né dans la Normandie. Il est vray qu'elle a faict admirer du temps de nos Peres le grand Cardinal du PERRON, Monsieur BERTAVT, & Monsieur de MALHERBE que l'on reuere encore auiourd'huy comme l'Homere de la France, & à cette heure que ces belles lumieres sont esteintes, elle en faict luire d'autres qui n'éclairent pas moins viuement que les premieres,

# AV LECTEVR.

Monsieur de BOISROBERT, Monsieur de SCVDERY, Monsieur CORNEILLE, Monsieur ROTROV, & Monsieur de Sainct AMAND, luy conseruent & luy augmentent tous les iours cette grande reputation qu'elle s'estoit acquise ; & ce Gentil-homme qui éclatte depuis peu à la Cour, & qui à dix-huict ans a faict cette belle Cleopatre qui vient de receuoir l'applaudissement de tout vn Peuple, l'approbation des plus seueres, & l'admiration de la Cour Monsieur de BENSERADDE, dis-je tesmoigne bien que cette fameuse Prouince reçoit tousiours les mesmes influances du Ciel, & que cette Mere des beaux esprits est encore engrossée des mesmes Astres qui luy ont faict conceuoir des enfans si Illustres. Toutesfois les autres pays ne laissent pas de contribuer à remplir Paris d'excellens esprits, & d'ayder à la Normandie à former l'Accademie des Polys, & l'Anjou qui n'est pas situé au delà du Cercle polaire entre des Montagnes de neige & des riuieres de glace, ny dans les deserts & sur les sables bruslants de l'Arabie, n'est pas sous vn plus mauuais Ciel que les autres, & ne ressemble pas à ces Isles, qui ne sont habitées que de Magots de Monstres & de Barbares. Ie puis parler de sa gloire sans ouurir les tombeaux de ses anciens Comtes qui ont tant conquesté de Royaumes, & sans fueilleter nos vielles Annales: Il n'est point necessaire de parler des precieux restes des Amphitheatres, & des belles traces qu'on y reconnoist encore de Cesar & des Romains ; Il sera plus à propos de faire voir comme cette Prouince n'a pas esté plus sterile en bons esprits que les autres, & que la France n'aura point de honte de la conter entre ses plus belles parties. Ie ne m'amuseray pourtant pas comme font quelques-vns à conter nos Autheurs depuis Virgille, qui nasquit disent-ils de l'vn de ces Angeuins qui passerent

autrefois

autrefois les Alpes & qui s'alerent habituer dans l'Italie; Ie me contenteray de commencer par RONSARD qui a frayé le chemin du Parnasse aux François, que nous tenons encore en qualité de nostre Prince, & à qui pas vn des nostres n'a pû rauir la Couronne. Ce grand homme a esté suiuy des BEILLAYS qui ont parfaictement bien cultiué ce champ que le premier leur auoit defriché; & pour les sciences BODIN auroit esté suffisant de rendre son pays remarquable, quand AIRAVLT LE LOYER & plusieurs autres n'auroient point depuis contribué à la gloire de leur patrie. Mais si quelques-vns croiēt qu'elles brille moins à presēt, & qu'elle est deuenuë obscure en nostre âge; qu'ils songent que c'est elle qui a faict naistre ces BAVTRVS dont les entretiens sont si agreables à leurs Majestez, qui sont l'admiration des Seigneurs & des Princes, & les delices de toute la Cour; & qu'ils apprennent que la ville d'Angers cache encore des hommes rares de ce nom, qui n'en sont pas moins parfaits pour n'estre pas veux de tout le Monde, non plus que l'or & les pierreries ne perdent rien de leur prix pour estre enfermées dans le sein de la terre. Au reste pour la Poesie dont i'ay particulierement dessein de parler, toute la France n'admire-elle pas auiourd'huy Monsieur de RACAN ce grand Genie, qui sans estre éclairé des lumieres des Grecs ny des Romains, voit aussi nettement les choses que ces Anciens les ont veuës: & nous auons encore parmy nous vn Caualier qui ne le cederoit peut-estre à pas vn de nostre siecle s'il faisoit vn peu plus de cas des carresses de sa Muse; & qui a mis vn des plus beaux piliers à ce Temple que les Muses bastissent à la gloire de cét homme extraordinaire, & de ce grand Ministre qui a tousiours les yeux ouuers sur l'Europe, & que tous les yeux de l'Europe regardent auecque vne admiration qui se nourrit & qui croist par la coustume qui faict mourir toutes les autres. Toutes ces considerations-là me font esperer que les Muses ne se deplairont pas sur les bords de Loire que Ronsard leur auoit fait treuuer si agreables, & qu'on parlera encore comme on faisoit autrefois des MVSES ANGEVINES; Il n'y a point peut-estre de ville en France qui ait vne ieunesse si polie & si bien faicte que la nostre : Ils ont quasi tous l'esprit vif & naturellement propre aux belles lettres, & puis qu'il y en a vne douzaine bien haut au dessus de moy Angers donneroit incontinent de l'ombrage à la Normandie, s'ils pouuoient prendre la coustume d'aimer moins les Promenades & les Ieux de Paume que leurs Cabinets. Comme ces Messieurs meritent infiniment, ie leur doy rendre publiquement ce tesmoignage de l'estime que ie fais de leur merite, & comme ie ne me flatte point d'vne reputation vniuerselle, c'est d'eux particulierement que i'en souhaicte. Nous ne baisons pas vne Maistresse & nos enfans d'vne mesme sorte, pour celles-là les carresses semblent extremement languissantes si elles ne vont iusques à l'excés : mais pour ceuxcy cõme nos ardeurs sont plus sainctes, elles ne laissent pas de se tesmoigner encore qu'elles soient moderées, il ne faut pas qu'elles aillent iusques aux saillies & aux insolences de l'Amour, & l'on iuge ordinairement qu'il y à plus d'amitié au dedans quand il en paroist moins au dehors : Ainsi ie ne laisse pas d'aymer parfaictement Hippolyte pour ne luy persuader pas qu'il soit connu dans ces Regions esloignées, où parmy des Peuples entiers on ne treuue pas quelques fois vn homme qui sçache lire ; & qu'ayant oublié le Grec & le Latin pour apprendre le François, il puisse voyager si loing & conter ses aduantures à tant de Nations comme il faisoit, quand il parloit encore ces premieres

Langues. Et aprés tout que m'importe-il qu'on me louë en des lieux d'où les plus grands applaudissemens ne sçauroient venir iusques à mes oreilles, i'aymerois bien mieux ces loüanges dans des bouches qui sont toujours à l'entour de moy & qui ne sçauroient seulement murmurer en ma faueur que ie ne l'entende. Et certes c'est encore vne grande chose que ie desire quand ie souhaite l'approbation de mon pays, soit que ceux qui sont auprés de nous d'ordinaire decouurent des deffaux que les autres n'apperçoiuent pas ne faisant que nous entreuoir; soit qu'il semble que nous reprochions à ceux qui ne font pas comme nous leur paresse ou leur impuissance; soit enfin qu'ils nous ayent veu naistre tous nuds & sans ces nouueaux ornemens & cette gloire qui nous enuironne; Ils ne peuuent s'accoustumer à vne estime qu'ils n'ont pas euë de nous auparauant & à des honneurs qu'ils n'ont pas appris de nous rendre. On dressa bien à Naples vne Statuë au Caualier Marin: mais encore ce ne fut que long-temps aprés qu'il fut passé dans la France, & comme il n'estoit plus en estat de ioüir de cette recompense de ses merites. Aussi ie ne puis assez m'estonner quand ie pense à ces Egyptiens qui bastissoient des Autels aux Crocodiles qui naissent dans leur Nil, & qu'ils voyoient ordinairement sur leurs Riuages; & ie treuue bien moins étrange que ceux des Indes aprés auoir esté vaincus par les Portugais, allassent faire les mesmes compliments, & rendre aux Cheuaux les mesmes honneurs qu'ils auoient auparauant rendus à leurs Maistres. Quoy qu'il en soit, ie ne veux point qu'on force des Coustumes si anciennes & si generalles pour moy, & si on ne trouue rien de loüable dans cette Tragedie, ie me contenteray qu'on en taise les deffaux sans qu'on se fasse la violence de mentir pour mon interest; Que si on y treuue quelques beautez ie les prie seulement de ne les difigurer point : Ils n'auront pas de l'honneur d'abatre vn homme qui ne s'éleue pas insolemment audessus des autres, & s'ils combattent contre vn ennemy si foible, & qui ne fait point de resistance, leur victoire n'en sera pas si glorieuse. Il y a des Renommées qui prennent l'essort pardessus des Prouinces & des Royaumes quelque effort qu'on employe pour les faire tomber, comme la flamme treuue tousiours des passages par où elle s'eslance vers le Ciel, quelques obstacles qu'on oppose à son mouuement : on a beau crier aprés, & remplir l'air de parolles iniurieuses, elles vollent tousiours, & ne sont non plus arrestées que le sont ces oyseaux qui passent en troupe si haut au dessus de nos testes, par les cris que les enfans élancent d'ordinaire vers eux iusques à ce qu'ils s'échappent insensiblement à leur veuë. Il n'y a point de digues qui puissent arrester le cours d'vne grande riuiere, mais on peut couper chemin à vn petit ruisseau auec vne chaussée de sable ; & vne reputation qui a des demarches si foibles & si lentes comme la mienne peut-estre aisément retenuë sans qu'on luy oppose des barrieres. En tout cas cette Piece ne m'a pas cousté tant de veilles & tant de meditations que ie regrette le temps que i'y ay employé si elle ne me donne des Couronnes, & si mon trauail manque de recompense, la perte de quinze iours ne me sera pas fort considerable. Il y en aura sans doute qui me blasmeront d'auoir acheué en deux sepmaines vn ouurage où Seneque mesme à peut-estre employé la moitié d'vne année ; mais ie m'esbloüis d'ordinaire la veuë quand ie l'arreste trop sur vn mesme obiect ; & des imaginations Poetiques il en est bien souuent comme des fleches qui vont plus droit au but plus elles vont viste. pour cheminer lentement on ne laisse pas de faire de faux pas; on n'en dit pas quelquesfois de plus belles choses pour approfondir trop vne matiere; & quand on creuse vne mine trop auant on n'y treuue plus que du souffre, de la terre qui se prepare, & quelques ruisseaux dont les mineraux ont alteré le goust & la couleur: Il n'est pas tousiours des belles pensées comme des perles & du coral qu'on ne treuue que dans le fond de la Mer; & pour moy si ie r'amasse que du sable & de petits caillous au lieu de pierres pretieuses, ie ne les vais point chercher aux Costes du Leuant, & ie ne les prens que sur nos Riuages. Ie donneray auant que de finir cét aduertissement aux Critiques, qu'ils prennent bien garde à separer les vers de Seneque d'auec que les miens, & s'ils veulent rire de ce que Phedre ou Hippolyte diront qu'ils songent à ne le faire pas quand ce ne sera pas moy qui les feray discourir.

# FAUTES SURUENUES à l'Impreßion.

Pag. 12. vers 11. de lisez des
pag. 36. vers 5. gousterez lisez gousteriez
pag. 17. vers 13. en lisez &
pag. 18. vers 2. tu le peins lisez tu ne le peins
pag. 25. vers 9. de sa femme lisez de sa fille
pag. 66. vers 10. antidode lisez antidote

## D. D. DE LA PINELIERE, in Hippolytum.

### EPIGRAMMA

Hippolytum Castæ cultorem sæua Dianæ
Damnatum falso crimine Parca tulit.
Virginis at precibus motus Chironis Alumnus
In lucem mira reddidit arte virum.
Non tamen æternum vita gaudere recepta
Artis Appollineæ sedula cura dedit.
Heu faxit; sed fata negant, domus atra Plutonis
Sic sane exiguo tempore inanis erit.
Quod dea nouenis Pinelieri chare Camœnis
Quod Phæbo genitus non potuere, potes:
Scilicet Hippolitum terris supresse perennem
Quamuis fata negent, en tua Musa facit.
Incassum irati metuens tamen arma Tonantis,
Debita nam faciet laurea fulmen iners.

Posuit. Th. de la RIVIERE.

# A MONSIEVR DE LA PINELIERE.

## Sur son Hippolyte.

*IEune & puissant Genie, à qui tout rend hommage,*
*Qui nous fais vn modelle en faisant vn ouurage,*
*Astre qui luis si fort commençant d'éclairer,*
*Montre nous Hippolyte & te fais adorer,*
*Qu'il n'aprehende point qu'vn peuple le profane,*
*Et que toute la Cour luy soit vne* DIANE:
*Permets que tout le monde obserue ses appas,*
*Et ses rares beautez que tout œil ne voit pas,*
*Qu'il ne dédaigne point les Temples qu'on luy dresse,*
*Et que pour t'éleuer Hippolyte s'abaisse;*
*Il t'a desia fait naistre vn renom immortel,*

Et desia du Theatre il s'est fait vn Autel,
Il nous a tous rauis, & ta Muse superbe
Nous a fait iustement craindre vn second Malherbe,
Seneque s'y voyant s'est luy mesme admiré,
Et ne s'est pas connu se voyant si paré,
Ne faits pas plus long temps ce tort à ton merite,
Et reçoy de l'Encens en donnant Hippolite,
Fais rougir tout ensemble & suer nos Auteurs,
Et que les adorez soient tes adorateurs,
Cependant continuë en ces rares merueilles,
Qu'vn tragique suject occupe encor tes veilles,
Maintenant que le peuple en gouste l'entretien
Et qu'on voit de retour le Cothurne Ancien,
Maintenant qu'au plus graue on promet la couronne,
Que la Scene gemit & que la Muse tonne,
Qu'à ce bel Hippolyte vn semblable soit ioint
Et donne des pareils à ce qui n'en a point,
Glorieux d'estre au front de cette Tragedie,
Laisse moy partager l'honneur qu'on te dédie:
Que mes vers prés des tiens soient leus par nos Neueux

*Et que ton Nom tout seul en eternise deux;*
*Qu'vne Muse enervée auprés d'vne robuste,*
*Partage iniustement vne loüange iuste,*
*Et ne souffre iamais me separant de toy*
*Que la posterité soit muette pour moy.*

DE BENSSERADE.

# POVR L'HIPPOLYTE DE Monsieur de la Pineliere.

*PHedre, si ton Chasseur auoit autant de charmes*
*Qu'en donne à son visage vn si docte pinceau,*
*Ta passion fut iuste & merite des larmes*
*Pour plaindre le malheur qui le met au tombeau.*

*Et si tu parus lors auec autant de grace*
*Qu'en ces vers éclattans qui te rendent le iour;*
*Estime qui voudra son courage de glace,*
*Sa froideur fut vn crime & non pas ton amour.*

*Aussi, quoy qu'on ait dit du courroux de Thesée,*
*Sa mort n'est pas l'effect de son ressentiment,*
*Mais les Dieux l'ont puny pour t'auoir mesprisee*
*Et fait de son trespas vn iuste chastiment.*

CORNEILLE.

## POVR L'HIPPOLYTE DE Monsieur de la Pineliere.

### EPIGRAMME.

*THesee, ce n'est pas ton sang*
*Qui rend glorieux* HIPOLYTE,
*Ny qui met en vn si haut rang*
*Et ses vertus & son merite.*
*Ce n'est pas aussi cét effort*
*Qu'il fit en choisissant la mort*
*Plutost qu'vn infame adultere,*
*Mais c'est le iudicieux chois*
*Qu'il a fait de la* PINELIERE
*Pour se faire voir aux François.*

Par le sieur de BVYS.

## A SON CHER AMY, MONSIEVR de la Pincliere, Sur son Hippolyte.

## EPIGRAMME.

*CE Chaste & Beau Chasseur dont tu peins l'aduenture,*
*Dont i'ayme l'innocence, & dont ie plains la mort,*
*Gousta resuscité par vn plus heureux sort*
*Les douceurs de la vie aprés la sepulture.*

*Mais celuy qui fit voir ce miracle charmant*
*Le tirant du tombeau fut mis au monument*
*Par le Maistre des Dieux qui luy portoit enuie;*

*Et toy par le pouuoir de ces vers plains d'appas*
*Encore vne autre fois le sauuant du trépas*
*Tu te rends immortel en luy donnant la vie.*

De MONTEREVL.

## A MONSIEVR DE LA Pineliere, sur son Hippolyte.

*TOy qui nous fais reuiure Hippolyte aussi beau*
*Qu'alors qu'il abhoroit & Venus & ses flames;*
*Que tu l'obliges peu le tirant du tombeau,*
*Tu luy vais susciter l'amour de mille Dames.*

D'ALIBRAY.

## LES ACTEVRS.

VENVS, fait le Prologue.
THESE'E, Roy d'Athenes.
PHEDRE, seconde femme de Thesée.
HIPPOLYTE, fils de Thesée.
LYCRATE, Courtisan de Thesée.
ATHYS, Lieutenant des chasses d'Hippolyte.
NOVRRICE, de la Reyne.
HESIONE, ) filles d'honneur de la
PROCRIS, ) Reyne.

La Scene est à Athenes.

# HIPPOLYTE,
## TRAGEDIE.

### PROLOGVE.

VENVS, en l'air dans vn Charriot attelé de Cignes.

*MOY sans qui l'auare trépas*
*Feroit vn grand desert du Monde,*
*Et sans qui l'on ne verroit pas*
*La nature mesme feconde;*
*Moy qui par des combats secrets*
*Abaisse sous mon joug les plus superbes testes,*
*Souffriray-ie qu'en ces forests*
*Les fléches d'vn chasseur arrestent mes cõquestes?*

Sans moy ces vastes estenduës
Qui ioignent la terre & les Cieux
Pour hostes n'auroient que des nuës
Et des tourbillons furieux;
Mes feux dans les plaines salées
Font naistre des sujets au grand maistre des eaux:
Et mes traits iusques aux valées (peaux.
Võt vaincre les vainqueurs de leurs foibles trou-

Quand dessus les flots asurez
L'aube en naissant me vit éclorre,
Ses rayons de honte égarez
Moururent sur la riue More;
Et Thetys lors que son amant
En sortant de son lit monta sur l'Hemisphere,
Fut jalouse, & vit clairement
Qu'il voulut retourner, mais qu'il ne le pût faire.

La Mer quittant son insolence
Respecta son enfantement,
Les vents mesmes par leur silence
Tesmoignoient leur estonnement,

*Tout m'admiroit dessus les ondes,*
*Leurs Nymphes eurent honte en voyant mes attraits,*
*Et dessous leurs voûtes profondes*
*Chacune se cacha dans des Antres secrets.*

*Iamais l'onde auec tant d'accueil*
*Ne receut au soir la lumiere;*
*Elle ne s'emfloit que d'orgueil,*
*D'auoir peu me voir la premiere:*
*Tous les Tritons me carressoient,*
*Les perles de mon teint redoutoient les approches,*
*De peur elles en pallissoient*
*Dans le ventre écailleux de leurs petites roches,*

*Depuis ce iour de ma naissance*
*Ie voy tout ceder à mes yeux,*
*Ie range dessous ma puissance*
*Les Déesses méme & les Dieux:*
*Cent petits Archers inuisibles*
*Que mes regards de flame enfantent chaque iour*
*Blessent les cœurs les moins sensibles*

*Et de toutes les Cours ils me font vne Cour.*

*I'ay d'autres sujets de mes Loix*
*Que ceux de Cypre & d'Amathonte,*
*Ie suis Reyne de tous les Roys,*
*Il n'est rien que ie ne surmonte.*
*L'aueugle ayme aussi mes appas,*
*Et pour moy chaque sexe également souspire;*
*En vn mot il faut n'estre pas*
*Pour se voir exempté du joug de mon Empire.*

*Ie ne voy rien qu'vn Hippolyte*
*Pour qui j'ay de trop foibles traits,*
*Ce chaste ignore mon merite*
*Et suit Diane en ces forests,*
*Il croit dedans ces froids ombrages,*
*Et parmy ces ruisseaux voir mes flammes glacer,*
*Ou que chassant dans ces boccages*
*Mes Amours en courant ne le pourront blesser.*

*Mais cét insolent aujourd'huy*
*Sçaura le pouuoir de mes charmes,*

*Et tous mes Archers contre luy*
*Employront leurs plus fortes armes ;*
*Il rompra s'il ne veut ployer,*
*Il moura s'il ne souffre vne douce blessure ;*
*Et l'Enfer sera le loyer*
*Qu'enfin son ame aura d'auoir esté si dure.*

# ACTE PREMIER.

## SCENE PREMIERE.

PHEDRE, ſeule.

*AMOVR, cruel Amour, tyranicque vainqueur*
*Que ne me tuais-tu quand tu bleſſas mon cœur?*
*Tu me brûles le ſein d'vne flame ſi noire*
*Qu'elle offuſque deſia tout l'éclat de ma gloire*
*I'ayme, helas & ma voix n'oſe le reueler,*
*Ie tremble en reſpirant, ie crains tout juſqu'à l'air,*
*I'ay peur que des poumons alors que ie reſpire*
*Il ſorte en ſouſpirant de mon cruel martyre,*
*Et qu'il aille trahir ce deteſtable amour*

Qui fait que sans rougir ie ne puis voir le jour, (te?
Quoy, Phedre veut se faire vn mary d'Hippoly-
O l'horrible dessein que mon ame medite?
AMOVR, cruel Amour, tyrannicque vainqueur
Que ne me tuais-tu quand tu blessas mon cœur?
Depuis que de ce coup ie me senty blessée
Mille cuisans soucis occupent ma pensée,
Et pendant que ma Cour nage dans les plaisirs
Ie gesne mon esprit d'impudiques desirs,
Ie plains seule en ces lieux le feu qui me deuore,
Et j'arrose ces fleurs au defaut de l'Aurore:
Quand d'vn grand voile noir la nuict couure les Cieux,
Le sommeil aux mortels vient assoupir les yeux,
L'Astre du iour, dit-on, se repose dans l'onde,
La nature sommeille & tout s'endort au monde;
I'ouure seule les yeux auecque ces flambeaux
Que le Soleil couchant a fait sortir des eaux
Ie veille, ie me plains, & ie songe en ma peine,
Et de mon lit souuent ie fais vne fonteine;
AMOVR, cruel Amour, tyrannique vainqueur
Que ne me tuais-tu quand tu blessas mon cœur?

*Tu n'allumes chez nous que de honteuses flames,*
*Tu noircis nostre hõneur quãd tu brûles nos ames;*
*Et iamais chez Minos on ne peut sans pecher*
*Estre frappé des traits que tu sçais decocher.*
*T'en souuient-il cruel? tu fis aymer ma mere*
*Et ce fut vn Taureau qui fut son adultere;*
*Mais ta rigueur pour elle est bien moindre en ce point*
*Que son object aymoit & le mien n'ayme point.*
*C'est trop nourrir ces feux, c'est trop long-temps se plaindre,*
*Deusse estre auec mon sang tu les verras éteindre;*
*O Dieux! mettre son fils au lit de son mary,*
*Non, on verra plustost tout l'Ocean tary*
*Que de voir chez Thesée vne telle aduanture*
*Qui desia fait horreur à toute la nature.*
*Amovr, cruel Amour, tyrannicque vainqueur*
*Que ne me tuais-tu quand tu blessas mon cœur?*
*Mais quoy, mon Hippolyte a de si puissans charmes,*
*Mes yeux auec plaisir pour luy versẽt des larmes,*
*Mõ mal me sẽble mieux vn plaisir qu'vn tourmẽt,*
*Mon*

*Mon feu ſans me brûler m'échauffe doucement,*
*C'eſt moy ſi ie languis qui cauſe mon martyre,*
*Et ie l'allegerois ſi ie le pouuois dire.*
*AMOVR, puiſſant Amour, i'ay tort de te blaſmer,*
*Iamais vn plus beau feu ne pouuoit m'enflammer.*
*Ie l'auoüe, il eſt vray que ce Chaſſeur que i'ayme*
*Nourrit pour noſtre ſexe vne froideur extréme,*
*Mais le plus froid glaçon que produiſe l'Hiuer*
*Sans fondre ne voit point les chaleurs arriuer;*
*Le feu met ſes ardeurs dans la plus froide roche,*
*L'eau pouſſe des boüillõs ſi toſt qu'elle en approche,*
*Tout s'échauffe en vn mot, & mes viues ardeurs*
*Pourrõt de mon Chaſſeur échauffer les froideurs.*
*Enfin apres les feux de Phedre & de ſa Mere*
*Il n'eſt rien que d'Amour deſormais ie n'eſpere;*
*Hé ne peut-il m'aymer si d'vn deſir nouueau*
*Nous aymons, moy mõ fils, & ma mere vn Taureau.*
*Ayme Phedre, ayme encor ſi tu peux dauantage*
*Cét adorable autheur de ton nouueau ſeruage.*
*AMOVR, puiſſant Amour, i'ay tort de te blaſmer,*
*Iamais vn plus beau feu ne pouuoit m'enflammer.*

# ACTE I.

## SCENE II.

HIPPOLYTE. ATHYS.

HIPPOLYTE.

*ALlez, courrez au tour de ces hautes montagnes,*
*Foulez d'vn pied leger l'herbe de ces campagnes,*
*Percez l'ombrage obscur de ces sombres forests,*
*Visitez dans ces bois les lieux les plus secrets;*
*Et toy cher compagnon de mon heureuse vie,*
*De qui l'esprit exempt, & d'amour, & d'enuie*
*Partage dans ces lieux mes plaisirs innocens*
*Sans que iamais la Cour puisse charmer tes sens,*
*Cher Athys, dont mon ame adore le merite,*

*Va, ſonge à contenter les deſirs d'Hippolyte:*
*Enuoye de mes gens les vns ſur ces coupeaux*
*Qui couronnent leurs fronts de Cheſnes & d'ormeaux;*
*Les autres où Zephire auecque ſon haleine*
*Epanoüit des fleurs dans le ſein de la plaine;*
*Les autres à coſté de ces vaſtes guerets*
*Où le Coutre a ridé la face de Cerés,*
*Où parmy les rozeaux des Naïades ſuperbes*
*S'en vont en folâtrant moüiller le pied des herbes,*
*Et gliſſer ſous les fleurs des liquides ſerpents*
*De cent replis diuers parmy ces prez rampans;*
*Qu'il en aille où Meandre inconſtant en ſa courſe*
*Semble de pas en pas retourner à ſa ſource;*
*Qu'on viſite auec ſoin les ſterilles valons*
*Que ſes flots pareſſeux vont ſemant de ſablons,*
*Où la terre s'enflant s'échappe à noſtre veuë,*
*Et va cacher en fin ſa pointe dans la nuë:*
*Parcourez tous ces monts, ces plaines, & ces bois;*
*Faites tout retentir & de cris, & d'abbois,*
*Qu'on tende des filets parmy ces foreſts ſombres*
*Auant que le Soleil ait diſſipé les ombres.*

ATHYS.

Cependant que la nuict & le iour en ces lieux
D'vne noire palleur peignent le front des Cieux,
Et pendant que la terre humide en ces boccages
Fait voir la piste encor des animaux sauuages,
Ie cours suiuãt vostre ordre, & dedans ces forests
Ie vais contre vn sanglier employer tous ces traits.

HIPPOLYTE.

Cour donc, va, ie te suy. Chaste & saincte Déesse
Qui nourris dãs mõ cœur cette ardeur qui le presse,
Et me fais partager tes innocens plaisirs,
O saincte Chasseresse accorde mes desirs?
Fay, Reyne de forests qu'vne belle victoire
Augmente ce matin mes butins & ma gloire,
Que ny Cerf ny Sanglier à ma meute échappez
Ne rende mon espoir & mes Chasseurs trompez.
Mais la voix de mes chiens m'appelle à quelque proye;
Sus courrons Hippolyte & suiuons cette voye.

# ACTE I.

## SCENE III.

PHEDRE. NOVRRICE.

PHEDRE.

REmarque mes transports, prend garde à
mes discours,
Comme certains pensers interrompent leur cours,
Voy comme mon esprit est plein d'inquietude,
Comme ma sombre humeur ayme la solitude,
Que mõ cœur deuiẽt lâche & mõ corps lãguissant,
Que mõ esprit se plaint de quelque ennuy pressãt,
Qu'en fin mon œil est triste & mon visage blesme,
Et voyant ces effets par eux juge que j'ayme.
I'ayme chere Nourrice il faut te l'aduoüer,
Ie suis prise en des nœuds qu'on ne peut denoüer,

*Mon cœur cede à l'amour, il est sous son Empire,*
*I'ayme, i'ayme, il est vray, mais ie ne l'osois dire,*
*Et ie fais à mon ame vn violent effort,*
*En t'apprenant vn mal qui la touche si fort.*

NOVRRICE.

*Vous aymez grande Reyne, ah pourray-ie bien croire*
*Qu'vn pareil accident s'oppose à vostre gloire?*
*Quoy, ne songez vous point que ce lien si doux*
*Qui joint à vostre amour celuy de vostre époux,*
*Ne vous permettra pas de voir brûler vostre ame*
*Si les flambeaux d'hymen n'allument cette flame?*
*Souffrés que ie m'oppose au cours de vos malheurs,*
*Et que j'aille couper la source de vos pleurs,*
*Ie sçay qu'en ce dessein ie seray temeraire,*
*Et qu'en fin vostre amour s'armera de cholere,*
*Qu'il le fasse, il n'importe, il m'estonnera peu*
*Si mes pleurs & mon sang éteignent vostre feu,*
*Si le fer en coupant le filet de ma vie*
*Coupe aussi le lien qui vous tient asseruie,*
*S'il guerit vostre cœur en transperçant le mien,*
*Si procurant ma perte il cause vostre bien,*

*Si la mort qui du corps arrachera mon ame*
*Arrache vostre esprit de sa prison infame,*
*Ie mourray sans regret, bien-heureuse en ce point*
*Qu'en souffrant tous ces maux vous ne les aurez point.*

PHEDRE.

*Nourrice ne crains pas que mon amour s'irrite,*
*Mon esprit en ce point encore le limite*
*Qu'il ne permettra pas qu'il te soit si fatal,*
*Et que pour tant de bien ie te fasse du mal.*
*Tu sçais que des long-tẽps i'ay permis à ta bouche*
*D'exprimer tes auis sur tout ce qui me touche,*
*Exerce en ce sujet librement ta raison,*
*Quoy que ie n'en espere aucune guerison.*

NOVRRICE.

*Considerez vn peu souueraine Princesse*
*Comme vne ame lãguit depuis qu'amour la blesse:*
*Comme l'herbe en Iuillet, ou durant les glassons*
*Prend le teint dõt l'Esté vient jaunir nos moissons,*
*Et panche lâchement sa pointe vers la terre:*
*Ou bien cõme en ce temps que l'effroy du tõnerre*
*Annonce auec vn bruict des mortels redouté*

*Le retour de l'Autonne & la mort de l'Esté,*
*La plusspart de ces fleurs dõt les pleurs de l'Aurore*
*Peuplent tous les matins le Royaume de Flore*
*Voyent secher leur tige à l'effort des chaleurs,*
*Et destruire leur vie auecque leurs couleurs:*
*Ainsi ce feu brutal qui dans les cœurs s'allume*
*Dissipe tout leur sang, les seche, les consume,*
*Fait jaunir vn amant si tost qu'il est atteint,*
*Fait languir vne amante & luy change le teint:*
*Il n'est rose ny lis dessus vn beau visage*
*Qui de sa viue ardeur ne ressente vn outrage,*
*Il fait donnant aux cœurs mille boüillans desirs*
*Auec les fleurs du teint mourir tous les plaisirs.*

PHEDRE.

*Il est vray que l'amour fane souuent les roses*
*Qui sont sur vn beau teint dans la jeunesse écloses,*
*Mais il flatte l'esprit & bannit les douleurs,*
*N'est-ce pas proprement faire du miel des fleurs?*

NOVRRICE.

*Voyez comme l'autheur de ce nouueau martyre*
*Traitte tous les sujets qui sont dans son Empire:*
*Ces bestes que la nuict nous mõstre dãs les Cieux*

Sont

*Sont les corps ou l'Amour a trãsformé les Dieux,*
*Ils n'ont eu ces grands Roys de ce Dieu qui les dompte*
*Qu'vn moment de plaiſir pour des ſiecles de honte.*
*Cherchez dans le ſejour du tõnerre & des vents,*
*Ou ſur les flots ſalez en vagues s'éleuants,*
*Neptune vous dira qu'en ſes plaines profondes*
*Amour nourrit encor des flames ſans ſecondes,*
*Et que pour bien payer mille amoureux tourmẽts*
*Sous des corps écailleux il cache des Amants:*
*Vous treuuerez auſsi dedans cette eſtenduë*
*D'où l'eau qui s'euapore à la terre eſt renduë*
*Mille oyſeaux qui du Dieu dont leur cœur eſt atteint*
*Ont reçû cette forme, en ce plumage peint,*
*Ils plaignent tous les iours la cruelle auanture*
*Qui pour les affliger viola la Nature,*
*Ils ſe plaignent d'Amour qui les auoit bleſſez;*
*Qui paye auec du vent tous leurs trauaux paſſez,*
*Et dont l'arreſt injuſte aujourd'huy recompenſe*
*De la legereté leur fidelle conſtance.*

PHEDRE.

*Nourrice tu peins bien vn si cruel vainqueur;*
*Mais tu le peins pas comme il est dans mon cœur.*

NOVRRICE.

*Ie n'en dy rien au prix de ce qu'on en peut dire;*
*On ne parle chez luy que de fers, de martyre,*
*De maux, de cruautez, de gesnes, de douleurs,*
*On n'entẽd que sanglots, on ne voit que des pleurs,*
*L'vn crie, ah ie me meurs, l'autre, ô Dieux! que j'endure?*
*Vn autre, ô Ciel ie brûle! ha que ma peine est dure?*
*Et ceux qui sont auprez de ces tristes Amans*
*Sont estourdis d'helas, & des gemissemens.*

PHEDRE.

*Nourrice cesse enfin de te rompre la teste*
*A diuertir le coup d'vne telle tempeste,*
*Elle est desia tombée & ie sens ses effets,*
*Mon ame n'entend plus les discours que tu fais,*
*Amour la diuertit, & vainement tu tâches,*
*D'étouffer dans mon sein des passions si lâches;*
*Ie connoy comme toy tout ce que tu me dis;*
*Mais mon esprit confus, & mes sens interdis,*

*Nonobstant le dessein que j'ay de me deffendre*
*Ne me secourent point & me laissent surprẽdre.*
*Ils sont d'intelligence auec mes ennemis,*
*Et semblent réjoüis de voir mon cœur soûmis.*

NOVRRICE.

*Mais qui fait naistre en fin vne amitié si forte?*
*Quel superbe vainqueur vous abat de la sorte?*
*Princesse souueraine est-ce vn d'entre les Dieux*
*Qui doit cette victoire au pouuoir de ses yeux?*

PHEDRE.

*A cét objet parfait aucun Dieu ne ressemble,*
*Il est mieux fait tout seul que tous les Dieux ensemble;*
*C'est le plus beau mortel qui respire aujourd'huy,*
*Vn beau iour sans nuage a moins d'éclat que luy;*
*Entre tous les humains il est comme vne rose*
*Seule entre cent buissons tout fraichement éclose;*
*Et ce rare vainqueur se remarque entre tous*
*Cõme vn chesne orgueilleux entre de petits houx,*
*Comme la Lune au Ciel entre cent mille Estoiles,*
*Quand vne claire nuict tend d'agreables voiles.*

NOURRICE.

*Quel est donc.........*

PHEDRE.

*Ha Nourrice, alons j'en ay trop dit,*
*Tout mon esprit se trouble, & deuient interdit,*
*Ie n'oserois nommer ce vainqueur qui me dompte,*
*Et ta discretion doit épargner ma honte.*

# HIPPOLYTE, TRAGEDIE.

## ACTE II.

### SCENE PREMIERE.

NOVRRICE. PHEDRE.

NOVRRICE.

*Arrachez, arrachez de vostre chaste sein*
*Les infames motifs d'vn si sale dessein.*
*Qu'esperez-vous en fin de cét horrible crime?*
*Ouy, brûlez d'vn amour qui n'est pas legitime,*

Qu'Hippolyte vous ayme & couche auecque vous,
En fin de vostre fils faites en vostre espoux,
Que l'étrange fureur dont vostre ame est atteinte
Ne se borne aujourd'huy de respect ny de crainte,
Qu'vn lit incestueux donne apres quelques iours
De monstrueux effets à vos sales Amours,
A l'heure ces enfans cette race confuse
Vous feront condamner l'erreur qui vous abuse,
Tout ensemble ils seront vos fils & vos neueux,
Et vous verrez alors cét obiet de vos veux
Frere de leurs enfans aussi bien que leur pere,
Il sera vostre époux, & vous serez sa mere,
D'vne mesme il sera fils ensemble & mary;
Ha souffrez que ce mal soit promptement guery,
„ On l'est plus qu'à demy quand on desire l'estre.

PHEDRE.

Depuis le iour fatal que ie le senty naistre,
I'ay tâché mille fois de m'arracher du cœur
Cét autheur criminel de ma triste langueur;
Il semble que mes maux me rendent leur complice,
Ie tombe malgré moy dedans ce precipice,

*Ie tâche à l'euiter, mais ie ne le fay pas,*
*Ie veux, & ie ne puis en retirer mes pas:*
*Comme vn nocher tremblant qu'vn violent orage*
*Entraiſne malgré luy, briſant contre vn riuage*
*Son vaiſſeau de la vague & des vents emporté.*

NOVRRICE.

*Mais penſez-vous l'aymer auecque ſeureté?*

PHEDRE.

*Ie le puis ſi tu veux:*

NOVRRICE.

*Vous eſtes abusée;*
*Si toſt que de ce crime on inſtruira Thesée,*
*Vous ſez immolez à ſon iuſte courroux,*
*Vous mourez, vous mourez voſtre adultere &*
*vous.*

PHEDRE.

*Nourrice cét ingrat mépriſe mon merite,*
*Tu ſçais que des long-temps le pere d'Hippolyte*
*Dans ces ſombres Palais ou commande Pluton*
*Eſt allé pour rauir ſon épouſe dit-on.*
*Telle que tu me vois il me quitte, il me laiſſe,*
*Au fond de l'Vniuers il cherche vne Maiſtreſſe,*

Et va iusqu'aux Enfers pour violer sa foy;
Dans ces lieux écartez que sçaura-il de moy,
Et sçachant tout, comment punira il mes crimes?
„ On ne reuient iamais de ces noires abymes.

NOVRRICE.

Il ne restera pas en ce regne importun,
S'il ne treuue vn chemin il s'en fera bien vn.

PHEDRE.

Comment peut-il quitter cette fosse profonde,
Enseuely qu'il est sous tout ce vaste monde?

NOVRRICE.

Mais ie veux que Thesée arresté dans les fers;
Ne repasse iamais le fleuue des enfers;
Pensez-vous que ces yeux dont le Ciel nous contemple
Ne puissent decouurir ce crime sans exemple;
Celuy dont le trident lâche ou serre les eaux,
L'Astre dont la lumiere auec des feux si beaux
A trauers tous les airs vient échauffer la terre;
Et celuy dont la main dispose du tonnerre,
N'apprendront-ils pas bien vos feux incestueux
Dans ce sein qui iadis estoit plus vertueux,

Tous

Tous ces Dieux vos ayeux verrōt-ils ſans cholere
Vn forfait qui les touche & qui leur doit déplaire?
Quand ce fils criminel cherira vos appas
Ces Dieux qui voyent tout ne le verront-ils pas?

PHEDRE.

Qu'ils le voyent, ils ont de ceſte ſorte eux-meſmes
Pour celles de leur ſang des paßions extremes;
Se pourront-ils fâcher ſi i'ayme mon Chaſſeur?
Leur Prince fit-il pas ſa femme de ſa ſœur?
De ſa femme depuis il a fait ſa Maiſtreſſe,
Et ſenty pour Venus cét ardeur qui me preſſe.
Et nous Reynes & Roys qui dedans ces bas lieux
Sommes les Lieutenans de ces grands Roys des Cieux,
Qui d'vn Throſne ſuperbe eſleué pour les Princes
Faiſons d'vn ſeul regard trembler mille Prouinces
Nous pouuons Dieux mortels, que nous ſommes icy,
Eſtans des Roys comme eux faire cōme eux auſſy.

NOVRRICE.

„Quand le Ciel fait quelqu'vn puiſſant des (naiſſance

„ Il veut à l'impoßible estendre sa puissance,
„ Il veut, quand il peut trop, pouuoir ce qu'il ne
peut,
„ Et croit que son pouuoir se regle à ce qu'il veut:
Mais craignez, & suiués l'auis que ie vous dõne.

PHEDRE.

„ Vn veritable amour ne peut craindre personne.

NOVRRICE.

Mais bien ne craignez rien, pensez vous contẽter
Ces sales paßions qu'on ne sçauroit dompter?
Fléchirez vous celuy qui vous tient asseruie,
Qui fils d'vne Amazone en imite la vie,
Qui n'a dedans l'esprit que la Chasse & les Bois,
A qui iamais l'Amour n'a pû donner de loix,
Et qui pour nostre sexe eut tousiours de la haine,
Brûlez, mais pour vn autre, ou vostre amour est
vaine.

PHEDRE.

„ L'amour sçait bien fléchir les Tygres & les
Ours,
„ Le repos de la nuict suit le trauail des iours,

„ La vertu bien souuent se relâche elle-mesme,
„ Apres beaucoup d'effects ou quelque effort extréme.

NOVRRICE.

Non n'esperez iamais qu'Amour puisse toucher
Ce cœur plus froid que glace & plus dur qu'vn rocher.
Quittez, quittez Madame vn Amour si funeste,
Songez à cét honneur, ce thresor qui vous reste;
Pensez bien que ce throsne où vous mirent les Cieux
Vo⁹ expose aux regards des hõmes & des Dieux,
Que ce haut lieu vous met en bute à la tempeste,
Que ce peuple abaissé dont vous foulez la teste
Auec mill'yeux ouuerts veille à vos actions,
Et qu'on ne luy sçauroit cacher vos passions.

PHEDRE.

Ie me rends à la fin, toute ma honte encore
N'a pas cedé la place au feu qui me deuore,
Ie vais vaincre l'Amour que ie ne puis regir,
Et l'honneur est mon port ie m'en vais y surgir,
Ie veux sacrifier mes desirs à ma gloire,

Que la Mort sur l'Amour emporte la victoire;
I'emprunteray ses dards pour vaincre ce vainqueur,
I'esteindray de mon sang le brasier de mon cœur.

NOVRRICE.

Ha! Madame domptez cette rage puissante,
Coupable vous viuiez, mourrez vous innocente?
Vous meritez de viure en desirant perir.

PHEDRE.

M'arrestant tu me fais plus lentement mourir,
„ Et le bras qui retient le poignard qui nous tuë
„ En empeschant le coup luy-mesme l'effectuë.

NOVRRICE.

Ne vous preparez point vn si funeste coup,
Songez qu'en vous tuant vous en tuez beaucoup.

PHEDRE.

„ Tout le monde à chacun peut bien oster la vie,
„ Mais la mort ne nous peut iamais estre rauie;
Souffre que ie finisse vn si malheureux sort,
Vne si triste vie est vne longue mort.

NOVRRICE.

Domptez cette fureur dont vostre ame est saisie,
Ostez ce vain honneur de vostre fantaisie;

„ Souuent la Renommée attaque les Vertus,
„ Et flatte des eſprits ſous le vice abatus;
„ Elle ne conte rien bien ſouuent que des ſonges,
„ Et cette babillarde eſt ſujete aux menſonges.
Repoſez-vous ſur moy de ce nouueau deſſein,
C'eſt à moy de fléchir cét eſprit inhumain:
Adieu ie vais flatter voſtre amour indomptable,
Et vous rendre aujourd'huy ce Chaſſeur plus traitable.

# ACTE II.

## SCENE II.

NOVRRICE. HIPPOLYTE.

NOVRRICE.

Heureusement pour moy ce Prince vient icy,
Allons, allons fléchir cét esprit endurcy.
Mais quoy, ie tremble, ô Dieux! ah quittons cette crainte,
Il faut guerir le coup dont la Reyne est atteinte,
Qu'vne telle action suiue ou chocque les Loix;
„ La honte n'est pas bonne au seruice des Roys.

HIPPOLYTE.

Qui t'afflige Nourrice? & quel malheur extréme

*Rend ton humeur si sombre, & ton visage blesme?*
*Il n'est rien arriué de funeste à la Cour,*
*La Reyne voit encor la lumiere du jour?*

NOVRRICE.

*Tout va bien graces aux Dieux vous ne deuez rien craindre,*
*On n'a point à la Cour de sujet de se plaindre,*
*L'estat ne fut jamais plus ferme & plus puissant,*
*La Reyne vit bien saine, & tout est florissant:*
*Mais le regret que j'ay de voir l'austere vie*
*Qui parmy ces forests limite vostre enuie,*
*Est l'vnique suject qui cause mon soucy,*
*Qui pâlit mon visage, & qui m'afflige ainsi.*
„ *Ces mal-heureux mortels qui dans la mer du monde*
„ *N'esprouuerẽt iamais que les rigueurs de l'onde,*
„ *Qui ne peuuent treuuer ny riuage ny port,*
„ *Que tousiours mille escueils menassent de la mort,*
„ *Que Thetys ne voit point qu'ẽ escumãt de rage,*
„ *Dont les vents irritez conspirent le naufrage,*
„ *A qui le Ciel ne luit qu'auecque des éclairs,*

„ *Et qu'il fait estre en bute à la fureur des airs;*
„ *Ces mortels, dis-je donc, meritent des loüanges*
„ *De ceder doucement à ces malheurs estranges,*
„ *Et chercher du plaisir au milieu de leurs maux*
„ *Si le sort les oblige à ces rudes trauaux:*
„ *Mais ceux dont vn bon vent enfle tousiours les voiles,*
„ *Qui ne voyent iamais de malignes Estoilles,*
„ *Pour qui l'air & les eaux n'ont point de passiõs,*
„ *Et qui voyent les flots tous couuerts d'Alcyons,*
„ *Sont indignes du bien que le Ciel leur procure,*
„ *Et ne meritent pas que ce bon-heur leur dure;*
„ *Quãd fâchez de treuuer tous les objets si beaux*
„ *Ils tâchent à troubler la bonace des eaux,*
„ *Et jettant dans la mer la boussole & la charte,*
„ *Vont de force aux rochers dont l'onde les écarte.*

HIPPOLYTE.

*Mon esprit jusqu'icy s'est tousiours mieux reglé,*
*Et cét erreur encor ne l'a point aueuglé.*

NOVRRICE.

*Vous méprisez la Cour, vous quittez ses delices,*
*Pour suiure dans ces lieux de fâcheux exercices*

Qui payent à la fin la course de deux iours
De la teste d'vn Cerf ou de la peau d'vn Ours:
N'est-ce pas là choisir la plus mauuaise voye,
N'est-ce pas fuïr le bien que le Ciel vous enuoye?
Hé quittez ces trauaux & suiuez les plaisirs,
Que vostre jeune cœur forme d'autres desirs:
„ La jeunesse soudain comme vn torrent s'écoule
„ Qui du haut d'vn rocher dans la cãpagne roule
Seruez vous de vostre âge & de vos ieunes ans,
Ne meslez pas l'Hyuer auecque le Printemps,
Ne vous faites pas vieux durant vostre jeunesse,
Et transformez en ris cette sombre tristesse,
Vn Prince comme vous fils d'vn si puissant Roy
Dont le nom aux plus grãds dõne encor de l'effroy,
Ainsi qu'vn Païsan viure entre ces montagnes,
Auoir sous ces rochers des bestes pour compagnes,
Quittez, quittez bien-tost vn si triste sejour,
Demeurez chez la Reyne & viuez à la Cour,
Elle vous plaira bien autant que ces boccages,
Les hommes valent bien des animaux sauuages,
„ Et le repos qu'on prend sous de superbes toicts
„ Vaut biẽ celuy qu'on treuue à l'õbre de ces bois.

HIPPOLYTE.

Prend pour toy ce conſeil que tu crois ſalutaire,
Ie prefere ce dard au Sceptre de mon pere,
I'ayme mieux que sõ throſne vn gazõ de ces lieux,
Et ſa couronne d'or n'éblouït point mes yeux.
„ Ces marbres arrachez du centre de la terre
„ Et que le luxe eſleue où ſe fait le tonnerre,
„ Sont touſiours dãs l'orage & parmy les éclairs,
„ Et ſentent les premiers la cholere des airs;
„ Ces magnifiques tours ſont en bute aux tẽpeſtes,
„ Le foudre abat ſouuẽt leurs orgueilleuſes teſtes,
„ Et tel en eſleuant vn ouurage ſi beau,
„ Croit baſtir vn Palais qu'il bâtit vn tombeau.
„ Le vice ayme à loger où l'or par tout éclate,
„ En ces lieux ameublez de ſoye & d'écarlate,
„ Les ſoings volent autour de ces lambris dorez,
„ Et bourellent des gens qu'on y voit adorez:
„ Tel ne s'oſe fier en pas vn de ſes gardes,
„ Il craint autãt de morts qu'il voit de halebardes,
„ A tel ce riche throſne eſt vn peſant cercueil,
„ Et tel deſſous ſa pourpre en fin porte le dueil.
„ On poſſede en ces bois vne plus douce vie,

„ Nos esprits sont exẽpts & de crainte & d'ẽuie,
„ Ny le desir des biens ny celuy de l'honneur,
„ Ne viennent point icy troubler nostre bõ heur,
„ L'innocence nous suit: mais il n'est point de vice
„ Que n'ẽgẽdre la Cour, que la Cour ne nourrisse,
„ Tout regorge du sang des meurtres qu'on y fait,
„ Elle fournit d'exemple au plus cruel forfait,
„ Riẽ n'est plus doux enfin que les bestes sauuages,
Et j'ay fort bien choisi de choisir ces boccages.
„ Comme on boit du poison dedãs des coupes d'or,
„ Quand on y boit au soir la nuit on tremble encor,
Auec la main icy dedans vne fontaine, ( saine
Nous puisons de belle eau, claire, nette, & bien
Sans craindre ces venins qui font trẽbler les Rois,
Quand la nuict nous endort à l'ombre de ces bois,
Elle veille pour nous & nous auons pour garde,
Châque œil dont cette brune en ces lieux nous regarde
Les campagnes pour nous sont de vastes maisons,
Et le Ciel est tesmoin de ce que nous faisons.

NOVRRICE.

Si ces desers pour vous sont de belles demeures,

Si vous passez icy tant d'agreables heures,
Et si vous y treuuez des charmes si puissans,
Qu'vn plaisir veritable enchanteroit vos sens,
Qu'Amour auroit pour vous de sensibles delices,
Que vous gousterez bien ces charmans exercices,
Que les baisers mignards d'vne jeune beauté,
Pour vos sens amoureux auroient de volupté,
Qu'ils feroient bien treuuer à vostre ame amou-
reuse,
Le iour plus agreable & la nuict plus heureuse.

HIPPOLYTE.

Tu ne semes pour moy que de foibles appas,
Par ces foibles filets on ne m'attrape pas,
Et bien loin qu'vne femme à la Cour me conuie,
Ie fuirois pour la fuir & le iour & la vie,
„ L'Enfer n'a point de monstre à ce mõstre pareil,
„ Et c'est le pire object qu'éclaire le Soleil,
„ La peste, les poisons, les gesnes, & la flame,
„ Sõt à craindre biẽ moins que l'esprit d'vne fẽme.
„ Elles ont dans le sang noyé mille Citez,
„ Et pires que les flots quand ils sont irritez,
„ Elles ont en vn iour dißipé des Prouinces,

„ Et mis à la cadene & des Roys & des Princes.
„ Ces monstres furieux rauagent l'Vniuers,
„ Il n'est crime si noir ny dessein si peruers
„ Que ces ames de fer tous les iours ne meditent,
„ Et ny loix ny respects leurs forfaits ne limitent.
Ie hay, ie fuy ce sexe, & le funeste sort
Qui m'arracha ma mere & luy donna la mort,
Me console en ce point qu'il n'est pas vne femme
Qu'aujourd'huy mō humeur ne deteste sās blasme:
Conseille desormais aux rochers d'alentour
Qu'ils cherissent ce sexe & qu'ils suiuent la Cour.

NOVRRICE.

Que ces heureux succez vōt bien flatter la Reyne
Et que ces beaux discours allegeront sa peine.

# HIPPOLYTE TRAGEDIE.

## ACTE III.

### SCENE PREMIERE.

PHEDRE. NOVRRICE. HESIONE, PROCRIS, dans le cabinet de la Reine qui se met en habit de Chasse.

NOVRRICE.

*O Malheureux effets de mon triste rapport!*
*Tout son visage est peint des couleurs de la mort,*

*Et le funeste ennuy qui trouble sa pensée*
*De son superbe front a la grace effacée.*

PHEDRE.

*Qu'on oste de mes yeux tous ces habits Royaux?*
*Serrez ces chesnes d'or, cachez tous ces joyaux,*
*Que ie ne voye plus ces riches broderies,*
*Ces perles du Leuant, toutes ces pierreries;*
*Non, ne me poudrez point desormais les cheueux,*
*Arrachez ces rubans, faites ce que ie veux,*
*Et qu'au gré du Zephyre ils volẽt sans cõtrainte:*
*Mettez moy ce carquois que sans honte & sans*
*crainte*
*Ie suiue mon Chasseur à trauers ces forests?*
*Promptement qu'on me donne & cét arc, & ces*
*traicts.*

HESIONE à l'escart.

*Iustes Dieux quel ennuy trauaille ainsi la Reyne?*
*Qui produit dans son cœur vne si dure peine?*
*Veut-elle en cét habit sortir de la maison?*
*On dira que la Reyne a perdu la raison?*

PHEDRE à l'escart.

*La mere d'Hippolyte estoit de cette sorte.*

NOVRRICE.

Grande Reyne, hé domptez l'ardeur qui vous
emporte?

PHEDRE.

Non ne t'oppose point à mes intentions
Ignorante à flatter mes tristes passions,
Et puis que tu ne peux contenter mon enuie
Souffre que ie finisse ou mon mal ou ma vie,
Souffre que j'aille suiure vn ingrat qui me fuit,
Et que ie sois aymée ou morte auant la nuit.

# ACTE III.

## SCENE II.

HESIONE, PROCRIS, restees seules dans le Cabinet de la Reyne.

HESIONE.

*QV'à la Reyne Procris? quel mal incompa-*
*rable*
*Desfigure si fort son visage adorable?*
*Cõme la pluye offusque & noircit l'œil des Cieux*
*Ses larmes ont esteint les flammes de ses yeux,*
*Et comme des charbons dans leur ardeur derniere*
*Ils sont rouges & noirs & n'ont plus de lumiere.*
*Cette viue douleur dont son cœur est atteint*
*Arrose incessamment les beaux lys de son teint;*
*Et sa pasleur ressemble à des neiges soüillées*

Qu'vne legere pluye a doucement moüillées.
Que d'helas, de ſanglots, de plaintes & de pleurs,
Que d'inſolēts tranſports luy dōnent ſes douleurs?
Elle quitte vn diſcours, & puis elle l'acheue,
Tantoſt elle s'aßiet, tantoſt elle ſe leue,
Tout plaiſt, & tout déplaiſt à ſes eſprits confus,
Elle veut vne choſe, & puis ne la veut plus,
Telle enuie à l'inſtant & luy prend, & luy paſſe;
Où va-elle Procris en ces habits de Chaſſe?

PROCRIS.

Heſione, Procris ne te peut rien celer,
C'eſt trop, c'eſt trop en fin te le diſsimuler,
I'ay découuert le mal qui trauaille la Reyne,
Et l'amour dans ſon cœur a fait naiſtre ſa peine:
Mais las! c'eſt vn amour que tu ne croyrois pas
De ſon fils Hippolyte elle ayme les appas;
Elle-meſme a trahy ce ſecret qui la touche,
Et le nom d'Hippolyte échappé de ſa bouche
Auec des mots d'amour meſlez confuſement
M'ont fait ſçauoir en fin cét amoureux tourment.

HESIONE.

Hippolyte, Procris? elle adore Hippolyte?

Et sa chaste vertu jusqu'à ce point la quitte?
O detestables feux & pires que l'amour
De celle dont jadis elle reçût le iour
Elle suit donc sa mere, & leur race future
N'aymera point non plus sans forcer la Nature?
Mais nos soins en cecy seroient tous superflus
Retirons nous Procris, allons n'en parlons plus;
Et ie te veux donner vn conseil salutaire:
„ C'est vn grãd art en Cour que de se sçauoir taire
„ Il faut tout ignorer, ou le feindre du moins;
„ Les paßions des Roys n'ayment pas les témoins.
Fein de ne sçauoir point ce que tu viens d'entẽdre.

PROCRIS.

Ie sçay l'art Hesione, il ne faut rien m'apprendre,
Ie croy que tu n'as eu ces leçons que de moy,
I'ay plus d'experience & plus d'âge que toy.

# ACTE III.

## SCENE III.

NOVRRICE. PHEDRE. HIPPOLYTE.

PHEDRE.

HA laisse moy sortir que ie suiue Hippolyte.

NOVRRICE.

*Que vostre amour, Madame, en ce point se limite,*
*Que vostre peuple ignore vn desir si nouueau,*
*Ne sortez point ainsi hors de vostre chasteau.*

PHEDRE.

*Mais Dieux! il vient icy; ie me pâme, ie tombe,*
*Et mon ame affoiblie à ses transports succombe.*

HIPPOLYTE.

*Nourrice qu'a la Reyne? & quels effets puissans*
*Suspendent en ce lieu l'vsage de ses sens?*
*Quel mal l'abat ainsi, quelle douleur la presse?*

NOVRRICE.

*Vous voyez les effects d'vne extréme foiblesse:*
*Madame répondez, ouurez vn peu les yeux,*
*Vostre cher Hippolyte est venu dans ces lieux,*
*Il vous tient, il vous touche.*

PHEDRE.

*Ha qui me liure encore*
*Aux funestes soucis dont l'ennuy me deuore?*
*Qu'à propos mes douleurs & mes soins m'abatoient,*
*Qu'à propos mes esprits & mes sens me quittoiét.*
*Que cette courte mort n'est-elle ma derniere?*

HIPPOLYTE.

*Pourquoy méprisez vous le bien de la lumiere?*

PHEDRE à l'escart.

*Courage Phedre, essaye, & flatte ton tourment,*
*Ose, ne rougis point, & parle hardiment;*
*Mais que diray-je? ô Dieux! ah tu trembles craintiue?*

*Songe bien que Phedre ayme, & quoy qu'il en arriue*
*Qu'elle ne peut auoir vn ſort plus malheureux.*
*Dy luy, non ne dy rien.*

NOVRRICE à l'eſcart.

*Vn eſprit amoureux*
*Se voit plus agité que la Mer dans l'orage.*

PHEDRE.

*Quoy, i'ayme, ie ſuis Reyne, & ie ſuis sãs courage:*
*„ Qui tremble en demandant & qui paroiſt cõfus*
*„ Loin de rien obtenir conſeille le refus;*
*„ Et la honte & la peur font ſoupçõner vn crime,*
*„ Qu'vn deſſein ſoit hardy s'il n'eſt pas legitime;*
*C'eſt trop tard auoir honte, & ce lâche forfait*
*Par mes ſales deſirs eſt plus qu'à demy fait.*
*Va dõc Phedre, oſe donc ce qu'amour te conſeille:*
*Hippolyte approchez, qu'vn mot dit à l'oreille*
*Vous faſſe part icy d'vn important ſecret.*

HIPPOLYTE.

*Hippolyte, Madame eſt ſeul, & bien diſcret,*
*Parlez luy librement.*

NOVRRICE à l'escart.

*Et la crainte & la honte*
*La troublent & chacune à son tour la surmonte:*
*Elle est pasle, elle est rouge, & repaslit soudain,*
*Et quoy que ses douleurs se cachent dans son sein,*
*Son visage pourtant monstre sa maladie.*

PHEDRE.

*Ie vous veux dire; Amour que faut-il que ie die?*

HIPPOLYTE.

*Vous voulez dire?*

PHEDRE.

*Rien, mes esprits sont troublez:*
*Mais reuenez pourtant.*

HIPPOLYTE.

*Hé Madame parlez,*
*Parlez moy librement de tout ce qui vous touche.*

PHEDRE.

*Ma parole ne peut s'échapper de ma bouche,*
*Ie l'ouure, & quelque effort la refermât tousiours*
*Malgré moy sur ma lévre arreste mon discours.*
*Ie me dédis desia de ce que ie vais dire,*
*Soyez témoins, ô Dieux! qui voyez mon martyre*

Que desia mon esprit ne veut plus ce qu'il veut.

HIPPOLYTE.

Vostre secret penser veut sortir & ne peut,

PHEDRE.

„ Tous les petits ennuis font de belles harangues;
„ Mais la nature aux grands n'a point donné de langues,
„ Vn silence profond est tout leur entretien,
„ Et celuy dit beaucoup qui ne dit iamais rien.

HIPPOLYTE.

Dites moy vos ennuis dites les grande Reyne.

PHEDRE.

Ha cette qualité me semble trop hautaine,
Et ce superbe nom est trop Imperieux;
Donnez, donnez-m'ē vn qui me conuiēne mieux;
Nommez moy vostre sœur ou bien vostre seruāte,
Et de ce dernier nom ie seray plus contente.
Commandez librement ie feray tout pour vous,
I'iray dessus la mer au fort de son courroux,
I'iray dans le sejour des vents & du tonnerre,
Et ie verray pour vous le centre de la terre.
Prenez le Sceptre aussi que m'a laissé le Roy,

Qu'auecque

*Qu'auecque mes sujets ie sois sous vostre loy,*
*C'est à vous d'occuper le lieu de vostre pere,*
*Sçachant bien obeyr ie sçauray beaucoup faire.*
*„ Les femmes pour regir ont de trop bas desseins,*
*„ Le Sceptre est trop pesãt pour de si foibles mains;*
*„ Et le moindre accident dont leur esprit s'estonne*
*„ De leur front delicat fait tomber la Couronne*
*Soignez donc à l'estat & venez à la Cour,*
*Conseruez vne veufue.*

HIPPOLYTE.

*Ha que ce triste iour*
*Ne trouble pas si tost les plaisirs de mon âge,*
*Le Roy viue, & le Ciel detourne ce presage?*

PHEDRE.

*Thesée est en des lieux dont on ne reuient pas.*

HIPPOLYTE.

*Il sortira, Madame, il vaincra le trépas;*
*Mais attendant tousiours ce retour que j'espere*
*Ie tiendray prés de vous la place de mon pere.*

PHEDRE.

*O le credule espoir des aueugles amans,*
*N'en a-il pas trop dit pour flatter mes tourmens!*

Elle se jette à ses genoux.

*Mais prions-le acheuons : ha Chasseur adorable*
*Poursuiuez, rẽdez moy vostre humeur fauorable,*
*Lisez dedans mon cœur mes plus secrets ennuis,*
*Ie tâche à vous les dire helas, & ie ne puis,*
*Ie rougis d'y penser ; par ce transport extréme,*
*Et par tous ces discours jugez que ie vous ayme.*

HIPPOLYTE.

*Grand Roy des immortels tu tiens encor tes traits*
*Et ta main est si lente à punir les forfaits?*
*Quand feras-tu gronder d'effroyables tempestes*
*Si ta foudre pardonne à nos coupables testes?*
*Que l'amante & l'aymé soient punis de tes feux,*
*Tu n'as point à choisir, vange toy sur nous deux,*
*Ta cholere pour moy n'est pas moins legitime,*
*En plaisant à ma mere ay-je pas fait vn crime?*

PHEDRE.

*Pardonnés aux trãsports que ie ressens pour vous,*
*Superbe, ie me jette encore à vos genoux,*
*Hé donnez quelque chose à ces torrens de larmes*
*Si pour vous adoucir j'ay de trop foibles charmes.*

HIPPOLYTE.

*Esloignez de mon corps cette impudique main,*

PHEDRE.

*Qu'vne fois pour le moins ie t'embrasse, inhumain.*

HIPPOLYTE.

*Dieux! elle veut encor m'embrasser l'impudique,*
*Ce fer me vengera de son humeur lubrique,*
*Arrachons de son cœur ses brutales amours.*

PHEDRE.

*Tranche, tranche cruel le filet de mes iours,*
*Que j'obtienne de toy cette faueur derniere,*
*Tu ne me donnes rien en m'ostant la lumiere.*

HIPPOLYTE.

*Viuez puisque ce cœur souhaitte vn autre sort,*
*Ie veux vous refuser mesme jusqu'à la mort;*
*Et jettons dans ces lieux desormais cette lame*
*Qu'a touchée aujourd'huy cette impudique féme.*

NOVRRICE.

*Le crime est découuert, Dieux nous sõmes perdus!*
*Et nous allons souffrir les maux qui nous sõt deus.*

PHEDRE.

*Quel funeste malheur est comparable au nostre!*

NOVRRICE.

*Il faut faire vn forfait pour en cacher vn autre,*
*Soyons plus criminels pour paraiſtre innocens,*
*Accuſons Hippolyte en ces malheurs preſſans.*
*Au ſecours, aydez nous, on veut forcer la Reyne,*
*Au ſecours, au ſecours: la vangeance eſt certaine.*
*On accourt du Palais.*

# ACTE III.

## SCENE IV.

PHEDRE. NOVRRICE. HESIONE. CAPITAINE des gardes de la Reyne, GARDES de la Reyne.

CAPITAINE des gardes.

*Quel funeste accident*
*Demande icy nostre ayde?*

NOVRRICE.

*Il est trop euident*
*Voyez, voyez la Reyne & leuez cette espée,*
*Sans vous dedans son sang elle eust esté trampée,*
*Hippolyte son fils la forçoit en ces lieux,*
*Et ce brutal encor la forçoit à mes yeux.*

*Il faut qu'à son honneur il serue de victime,*
*Nous auons, nous auons vn tesmoin de son crime ;*
*Que le peuple le sçache & qu'il craigne pour soy*
*Si l'on n'épargne pas la femme de son Roy.*

HESIONE.

*Consolez vous, Madame, on vangera Thesée,*
*Le peuple le va suiure & sa prise est aisée.*

CAPITAINE des gardes.

*Sus que de le punir on cherche les moyens,*
*Qu'on s'arme, qu'on le suiue, & que les Citoyens*
*Aßistent mes soldats & leur prestent main forte,*
*Qu'on ceigne la Cité, qu'on empesche qu'il sorte;*
*Ce crime a-il treuué qui l'ait executé?*
*„ Le P[illegible] qu'absent doit estre redouté:*
*Venir dans son Palais violer vne Reyne,*
*Ha ce forfait merite vne cruelle peine,*
*Suiuons viste, suiuons ce fils incestueux.*

HESIONE.

*Madame, vostre esprit n'est pas moins vertueux:*

*N'ayant pû consentir à cette impure flame,*
*Et la tache du corps ne soüillera pas l'ame.*

PHEDRE.

*Ha ma pauure Hesione, ha faut-il que mõ corps*
*De cét homme brutal ait souffert les efforts.*

# HIPPOLYTE,
# TRAGEDIE.

## ACTE IV.

### SCENE PREMIERE.

THESEE. LYCRATE.

LYCRATE.

*Omme l'heureux retour du Dieu de la lumiere*
*Fait renaistre les fleurs dans la saison premiere,*
*Monarque valeureux ainsi vostre retour*

Faire

Fera renaistre en fin les plaisirs à la Cour.
Vous auez descendu dans les vastes tenebres
Et vaincu dãs ces lieux tous leurs objets funebres,
Vous auez repassé le Styx malgré le sort,
Et jusqu'en son Palais vaincu mesme la mort;
Ainsi grand Prince, ainsi toute chose est aisée
Au genereux effort des vertus de Thesée.

THESEE.

Helas j'y suis encor Lycrate mon amy,
Ou ie n'en suis du moins retiré qu'à demy,
Dedans cette effroyable & profonde cauerne
Les Ministres sanglans du Dieu qui la gouuerne
Retiennent Pirithois encore dans les fers,
Et nous ne l'auons peu retirer des Enfers.
Auec bien de la peine échappons nous encore
De ce gouffre cruel que la nature abhorre;
A moins que d'estre en fin le grand Hercule ou Moy
On ne sçauroit sortir de ces lieux plains d'effroy.
Ie veux t'entretenir de ces auides plaines
Où le triste trépas conduit les ombres vaines,
Ie te veux figurer ces Palais inconnus,

Et cõme Hercule & moy nous sommes reuenus.

LYCRATE.

Ie souhaittois grand Roy, cette rare peinture
De ce vaste tombeau de toute la Nature ;
Iusqu'icy le respect a caché ce desir.

THESEE.

„ Le souuenir des maux nous donne du plaisir,
„ Il semble que le temps ait changé leur essence,
„ Presens ils estoient maux ils sont biẽs dans l'ab-
Il sera doux en fin à mes sens asseurez (sence:
De penser aux dangers dont ils sont retirez.
Ecoute donc Lycrate vne chose incroyable :
Deuers Sparte la terre ouure vn Antre effroyable
Capable d'engloutir vn peuple tout entier,
Cét Antre offre aux Enfers vn horrible sentier:
D'abord on ne perd pas en ce lieu la lumiere,
Vn reste de clarté vient encor par derriere,
Et le Soleil mourant en ces funestes lieux
D'vn éclat sombre & pasle abuse encor les yeux.
Ainsi quand ce bel Astre a fait le tour du monde,
Et qu'il esteint au soir ses rayons dedans l'onde,
Vne pasle blancheur reste au Ciel & nous luict,

*Et se dißipe en fin à l'abord de la nuict.*

LYCRATE.

*Si tout ce beau Palais est semblable à la porte,*
*Ie ne me plairois pas en vn lieu de la sorte.*

THESEE.

*Sans trauail & sans peine on deuale en ces chãps*
*Où vont également les bons & les meschants,*
*La pante du chemin nous y porte elle mesme,*
*L'air nous y pousse encore, & d'vn effort extréme*
*Nous entraisne auec luy dans ces sombres pays,*
*Comme dessus la Mer les Nochers ébahys*
*Voyent souuent au flot emporter leur Nauire.*
*De là s'estend en fin le tenebreux Empire,*
*Où l'auare trépas de ses sanglante mains*
*Abat cruellement les malheureux humains.*
*De mesme que Meandre en sa course se joüe,*
*Vn fleuue en cét endroit sale & tout plein de boüe*
*Roule de noires eaux & neuf fois fait le tour*
*De l'horrible Palais où Pluton tient sa Cour.*
*Vn vieillard sur ces flots passe dans vne barque*

Ceux qu'attire en ces lieux la rigueur de la Parque.
Vne ombre fort épaisse en ces vastes deserts
Tient sans cesse obscurcis & la terre & les airs.
Comme alors que la nuict tend ses plus sombres voiles,
Qu'õ ne fait qu'ẽtreuoir ses plus claires Estoilles,
Que les rays de la Lune en l'air sont arrestez,
Et ne jettent icy que de foibles clartez,
Vn voyageur pressé parmy des forests sombres
Va cherchãt sõ chemin au trauers de leurs ombres
Nous marchiõs de la sorte en ces lieux tenebreux,
Dont la sombre lueur de mille objects affreux
Dedans cette Prouince aux viuans inconnuë
Venoit à tout moment effrayer nostre veuë.
Mille fantosmes vains & sans vie & sans corps
Vollent confusement dans ce cachot des morts;
Ainsi quaud vn Milan part, & quittant la terre
S'esleue en cette plaine où gronde le tonnerre,
De son aisle estenduë arrestant vn rayon
Il fait tousiours sous luy de soy-mesme vn crayon,
Cette ombre dont sa course en tous lieux est suiuie,

vn oiseau visible & sans corps & sans vie:
els alentour de nous on voyoit approcher
es fantosmes qu'en vain on eust voulu toucher.
la droicte on voit là les plaines bien-heureuses
ù vont apres la mort les Ames genereuses,
t qui dedans ce monde ont chery les vertus:
gauche les esprits sous le vice abatus
u Tartare cruel endurent le supplice
u'ordonne à leurs forfaits l'eternelle iustice.
rinces songez à vous, cessez vos cruautez,
es puissans sont icy puissamment tourmentez.

LYCRATE.

istes vous le Tyran qui dans ces lieux cõmande?

THESEE.

ne maison de fer, bien forte, haute & grande,
ue l'If & le Cypres omb:[illegible]gent alentour
e ce Tyran des morts est le triste seiour;
t ce lieu de la mort est pire qu'elle-mesme.
à commande aux Enfers sa Majesté suprême:
Ses regards menassans qui donnent de l'effroy

Impriment quelque horreur & font veoir qu'il est
Roy ;
On remarque pourtant sur son frõt quelque grace,
Et ce Prince puissant tient beaucoup de sa race.
Enfin il a le port, le visage & les yeux
Du Prince souuerain des hommes & des Dieux,
Mais du Prince des Dieux quãd il est en cholere,
Quand transporté de rage il foudroye, il éclaire,
Qu'il veut sur les mortels ses fléches décocher,
Ou qu'il tranche en fureur la teste d'vn rocher.

# ACTE IV.

## SCENE II.

THESEE. LYCRATE. NOVRRICE.

NOVRRICE.

O Rigoureux destin! ô fureur nompareille!

THESEE.

*Lycrate quelle plainte a frappé mon oreille?*

NOVRRICE.

*O Cieux! ô Dieux cruels!*

THESEE.

*Nourrice quels malheurs*
*T'arrachẽt ces sanglots & font couler ces pleurs?*
*Qu'est-ce? parle.*

NOVRRICE.

*La Reyne a dessein sur sa vie,*
*On ne peut empescher cette cruelle enuie,*
*Nos pleurs & nos souspirs ne la peuuent toucher,*
*Entre eux elle est ainsi qu'vn superbe rocher,*
*Stable dans le milieu de la plaine profonde*
*Qui ne peut s'ébransler ny des vents ny de l'onde.*

THESEE.

*Qui l'oblige Nourrice à se priuer du iour?*
*Et qui la fait partir me voyant de retour?*

NOVRRICE.

*Ce retour bien-heureux est luy-mesme la cause*
*Qui fait qu'à se tuer la Reyne se dispose.*

LYCRATE.

*L'Antitode aujourd'huy luy sert donc de poison,*
*Ce qui la doit guerir nuit à sa guerison,*
*Ce bien qui de la mort tous les autres deliure*
*Pour elle est vn grand mal qui l'empéche de viure,*
*Pour se perdre elle fait du venim de nos fleurs,*
*Et de tous nos plaisirs elle en fait des douleurs.*

THESEE.

*Quel ennuy violent afflige ainsi la Reyne?*

*Dy, parle ouuertement.*

NOVRRICE.

*On ignore sa peine,*
*Elle cache son mal iusques au fond du cœur!*
*Et cele le sujet de sa triste langueur;*
*Et veut en finissant le tourment qui la presse,*
*Emporter auec soy le poignard qui la blesse.*
*Mais elle n'est desia qu'à deux pas de la mort,*
*Grand Roy pour s'opposer à ce funeste sort*
*Il ne faut plus tarder.*

THESEE.

*Haste toy donc Thesée,*

NOVRRICE à l'escart.

*Il est desia trompé nostre ruse est aisée.*
*Vous sçauez le malheur qui nous afflige tous,*
*Lycrate, que le Roy ne l'a-il sceu de vous?*

LYCRATE.

*Vous sçaués comme moy cette infortune extréme,*
*Que le Roy n'appréd-il ce malheur de vous méme?*

Quand d'vn pareil rapport ie me puis degager,
Ie m'empeſche fort bien d'en eſtre meſſager:
,,On voit de mauuais œil ceux qui font ce meſſage;
,,Et l'on hait les oyſeaux de ſiniſtre preſage.
Quand vous voudrez mander quelque malheur au Roy,
Seruez vous librement d'vn autre que de moy,
Pour entrer dans ſon cœur il faut vne autre porte,
,,En Cour on ne fait pas fortune de la ſorte.

# ACTE IV.

## SCENE III.

THESEE. PHEDRE
dans le Cabinet de la Reyne.

THESEE parlant à Phedre qui est sur son lit, & qui a aupres de soy l'espée d'Hippolyte.

*REyne dõt les appas ont charmé mes esprits,*
*Et de tous mes exploits sont le plus digne prix,*
*Quel ennuy violent vous donne ces alarmes?*
*Et baigne vos beaux yeux dans ces ruisseaux de larmes?*
*Ne me ferez vous point vn plus sortable accueil?*

Et quoy, ie ressuscite & vous prenez le dueil;
Vous pleurez de regret quãd l'Enfer me renuoye,
Et vos yeux réjoüis deuroient pleurer de joye.
Ie vis, & vous mourez, ce fortuné retour
M'a rendu la lumiere & vous oste le iour.
Sont-ce là les plaisirs qu'Athenes me dedie?
N'auray-je pour tous jeux que cette tragedie?
Mes yeux n'aurõt-ils point vn spectacle pl⁹ beau?
De cè superbe lit ferez-vous vn tombeau?
Et rendant grace au Ciel à mon dessein propice
Vous immolerez-vous dedans ce sacrifice?
En fin Thesée en vain arriué dans ce lieu
En vous disant bon iour vous dira-il adieu?

PHEDRE.

Par des Dieux souuerains la puissance adorable,
Par tout ce que le monde a de plus venerable,
Par vostre heureux retour si long-temps desiré,
Par ce Sceptre puissant des peuples reueré
Que le Ciel vous donna, grand & juste Monarque,
Que ie fasse aujourd'huy l'office de la Parque,
Que ie haste la mort qui tarde si long-temps,

*Et souffrez que ce fer rende mes vœux contents.*

THESEE.

*Quel suiet vous oblige à sortir de la vie?*

PHEDRE.

*Ie desire, Grand Roy, qu'elle me soit rauie*
*Seulement pour cela que l'on ne sçache pas*
*Le suiet qui m'oblige à chercher le trépas,*
*Et ie mourrois en vain si i'en disois la cause.*

THESEE.

*Ma Reyne pouuez-vous me celer quelque chose?*
*En qui vous firez-vous si ce cuisant ennuy*
*A vostre mary mesme est secret auiourd'huy.*
*Pouuez-vous auoir peur qu'vn mary vous trahisse?*
*Qu'vn Roy puisse tomber dans vn si sale vice?*
*Et que Thesée en fin fasse vne lâcheté?*
*Non, non ne craignez point, parlez en liberté,*
*„Vn mary commettant cette action infame*
*„Se trahiroit soy-mesme en trahissant sa femme.*
*Pour la gloire Thesée a trop de passion*
*Pour commettre iamais vne lâche action.*
*„Et nous Princes & Roys souuerains que nous sommes*

„ Et ſi haut eſleuez ſur le reſte des hommes,
„ Nous auons dans le cœur de plus nobles vertus
„ Que ces autres mortels ſous nos pieds abatus :
„ Pour ces gens ſeulement les Dieux ont vn ton-
nerre,
„ Et rampans cõme ils ſont ils tiennent de la terre.
„ Ils ont tous l'ame noire, & l'eſprit le plus haut
„ S'abaiſſeroit entre eux & prendroit leur defaut ;
„ Ainſi qu'vne eſcarboucle en la fange enfermee,
„ Perd ce brillant éclat dont elle eſt enflammee.
„ Mais nous Rois qui portons la teſte iuſqu'aux
Cieux,
„ Nous tenons beaucoup moins des hommes que (des Dieux,
„ Le vice qui ſous nous tous nos peuples ſurmonte
„ Iamais ou rarement iuſqu'au Throſne ne monte ;
„ Deſſus la terre ainſi nous voyons les ſerpans,
„ Pleins d'vn venim mortel, par ce qu'ils ſont ram-
pans,
„ Et l'Aigle qui s'éleue & dans le Ciel ſe cache,
„ A l'ame genereuſe & ne fait rien de lâche.
En fin ſi ie ſuis Roy, Theſee, & voſtre eſpoux,
Pourray-ie eſtre infidelle, & l'eſtre contre vous ?

PHEDRE.

Non, de pareils soubçons, magnanime Thesee,
Encore iusqu'icy ne m'ont point abusee.
Mais cessez desormais de contraindre mon cœur
A monstrer le suiet de ma triste langueur.
„On doit taire tousiours ce qu'õ veut que l'õ taise,
„On ne sçait que trop tost vne chose mauuaise.

THESEE.

Donc ces yeux qui iamais n'auoiẽt versé des pleurs
Vous laissent insensible à mes viues douleurs?

PHEDRE.

„Il meurt bien à propos qui meurt pendant qu'on pleure.

THESEE.

Ha c'est trop, ie sçauray ce secret à cette heure,
La vieille me dira ce que vous me celez.
Qu'on obeysse au Roy, viste mes gens, allez,
Qu'õ cherche, qu'õ ameine en ce lieu la Nourrice,
Qu'on exerce sur elle vn horrible supplice,
Et qu'à force de coups on apprenne.......

PHEDRE.

Grand Roy,
Hé demeurez, en fin vous le sçaurez de moy.

*O toy qui dans les airs fais gronder les tempestes,*
*Et fondre leur courroux sur les coupables testes,*
*Et toy bel œil des Cieux dont les rayons si beaux*
*Donnent de leur lumiere aux celestes flambeaux,*
*Fontaine de clartez immortelle & diuine,*
*De qui nostre maison a pris son origine,*
*Ie vous prens pour tesmoins comme ma chasteté,*
*Aux prieres, au fer, aux coups a resisté,*
*Que mon pudique esprit vainquit son insolence,*
*Et que mon corps pourtant souffrit sa violence.*

THESEE.

*Quel temeraire, ô Dieux! a fait ce lasche tour?*
*Qui soüille les beaux nœuds de nôtre chaste amour.*

PHEDRE.

*Apprenés-le grand Roy par cette infame espée*
*Qui fut pour m'effrayer par ses mains occupée,*
*Et que cét adultere épouuanté du bruit*
*Laissa sans y penser à l'heure qu'il s'enfuit,*
*Craignant des Citoyens la vengeance certaine,*
*Qui venoient, mais trop tard pour secourir leur Reyne.*

THESEE.

THESEE regardant l'espée que la Reyne luy a donnée.

*Que vois-je? Iustes Dieux! quel horrible forfait*
*Dans cette amour brutale Hippolyte a-il fait?*
*Où fuit-il?*

PHEDRE.

*Il s'enfuit par la premiere voye*
*Plus viste qu'vn oyseau ne fond dessus sa proye,*
*On le vit disparaître ainsi qu'vn prompt éclair,*
*Sans sçauoir en quel lieu ce brutal peut aller.*

# ACTE IV.

## SCENE IV.

THESEE seul, ayant l'espée d'Hippolyte à la main.

*LE monde sans ouurir ses profondes abysmes*
*Peut-il voir chez les Roys cõmettre de tels crimes?*
*I'ay donc produit l'autheur de ce sale dessein,*
*Et forgé le poignard qui me perce le sein.*
*Mon fils faire ce crime, ô Ciel le puis-je croire?*
*Dieux qui pustes souffrir vne flame si noire*
*Qui noircit mon hõneur & doit rougir vos fronts,*
*Si vous vouliez me nuire & souffrir ces affronts,*
*N'estoit-ce pas assez qu'il violât ma femme,*
*Sans me donner encor des tesmoins de sa flame.*

Ce remede me blesse au lieu de me guerir,
Ce tesmoin l'accusant ne le fait point mourir.
Il a peché le lâche, il se sauue, il nous quitte,
Si le Ciel équitable eust empesché sa fuitte,
Ie verrois ma cholere en sa peine finir,
Et de sa propre espée il se verroit punir;
Il mourroit le brutal, il verroit ce complice
Deuenir son bourreau dans ce cruel supplice;
Il verroit qu'vn esprit que le vice conduit
Comme il craint la lumiere & ne va que de nuit,
S'egare en des sentiers pleins de dangers extrémes,
Treuue des ennemis, est trahy des siens mesmes,
Et par les justes loix d'vn seuere destin
Rencontre vn precipice au bout de son chemin.
Mais Dieux! qui des mortels eust eu cette pensée
Qu'à ce crime Hippolyte eust son ame abaissée?
Ces bestes sans raison qui courrent dans les bois
De la sage nature obseruent mieux les loix,
Et leur amour plus pur que celuy de ce traistre
Ne les accouple point de qui les a fait naistre.
„O masques de l'esprit trompeuses actions
„Que vous cachez souuent de sales passions!

„Vous donnez aux pechez des voiles agreables;
„La douceur est au frõt des hommes intraittables,
„Les gestes d'vn deuot cachent l'impieté,
„Vne honneste pudeur déguise l'effronté;
„Et comme les serpents se logent sous les herbes,
„Qu'il demeure des sots dessous des toicts superbes,
„Et qu'vn riche tombeau sous des marbres diuers
„Cache des ossements ou des corps pleins de vers:
„La nature souuent pour tromper les plus sages
„Met de sales esprits dessous de beaux visages.
Et toy fils insolent, infame suborneur,
Chasseur incestueux qui soüilles mon honneur,
Differois-tu d'aymer pour afliger ton pere?
Pour apprẽdre aujourd'huy ce mestier de ta mere?
Tu voulois dans mon lit monstrer par ce forfait
De quel sexe des deux la nature t'a fait,
Mais pour loing que tu sois ne laisse pas de craindre
Dans les lieux où mes bras ne sçauront pas atteindre
Ma priere & mes vœux iront pour se vanger,
O Neptune il est temps en fin de m'obliger,
Flatte, flatte à present la rage qui me presse.

Grād Monarque des eaux sōge en cette promesse
Que tu me fis jadis de m'accorder trois vœux,
Ne la reuocque pas puis que tu ne le peux:
Car tu me le juras par l'onde sale & noire
Par qui jurēt les Dieux & qui nous les fait croire:
Qu'Hippolyte perisse, & qu'vne prompte mort
Punisse son forfait & finisse son sort.

# HIPPOLYTE,

## TRAGEDIE.

## ACTE V.

### SCENE PREMIERE.

THESEE. ATHYS. LYCRATE.

THESEE.

TV crains que ton recit trop viuement me touche,
Mais qu'en fin cette peur ne ferme plus ta bouche,
Mon ame accoustumée aux violents malheurs

*A force de souffrir s'endurcit aux douleurs.*

ATHYS.

*Hippolyte n'est plus.*

THESEE.

*Doncques le Ciel propice*
*Faisant mourir ce lâche en fin nous rend justice.*
*Mais conte nous Athys, quel trépas si soudain*
*L'empesche desormais de mourir de ma main.*

ATHYS.

*Faut-il qu'en racontant son trépas à cette heure*
*Ie voye encor mourir ce Prince que ie pleure.*
*Escoutez donc grand Roy, le funeste accident*
*Qui donne à ce jeune Astre vn si prompt occident.*
*A peine ayant sorty de la Cité d'Athenes,*
*Neptune nous vit-il sur le bord de ses plaines,*
*Où mon Prince en son char suiuy de tous ses gens*
*Souffroit que ses cheuaux fussent moins diligens;*
*Qu'enflant l'humide dos de sa vaste campagne,*
*Il fait de mille monts vne seule montagne,*
*Et dedans vn moment s'échappant à nos yeux*
*D'vn humide baiser va saluer les Cieux.*
*Et ce qui nous rauit dedans cette aduenture,*

Vn grand calme sembloit endormir la nature,
On voyoit voltiger sur l'eau mille Alcyons,
Tous les tyrans de l'air estoient sans passions,
Ces toubillons aislez comme ils ont de coustume
Ne faisoient point blanchir le riuage d'escume,
Ny bruire horriblement l'eau contre les rochers,
Pour effrayer de loin les timides nochers:
Le tonnerre est sans bruit, ou bien l'air sans tonnerre,
Les rayons du Soleil dorent toute la terre,
Tout le Ciel sans vapeurs ne fut iamais si pur,
Et si quelques blancheurs passlissent son azur,
Le voile delicat de cette belle nuë
Le rend plus agreable encore à nostre veuë.
Ainsi plaisent les lys dessus l'herbe estalez,
Ainsi l'on ayme à voir dessus les flots salez
Les voiles blanchissans auec l'azur de l'onde.
Aucun vent n'enfle donc cette plaine profonde,
Et sa propre cholere esleue ainsi ses eaux
Iusqu'où brillent les feux des nocturnes flábeaux.
La mer pour des vaisseaux n'a pas fait cét orage,
Grosse & plaine d'vn monstre elle sort du riuage,

Et ce mont d'eau chargé de ie ne sçay quel poids
Tombe dessus la terre, & roule vers le bois.
Chacun de nous alors eut frayeur, & la crainte
De ses pasles couleurs sur nos fronts s'estoit peinte.

THESEE.

Hippolyte eut-il peur, ou vit-il sans trembler
Ces flots horriblement sur la terre rouler?

ATHYS.

Mon Prince se mocquant de nos ames si molles,
R'asseuroit tous ses gens auecque ces paroles.
Amis, que craignez-vous estans auecque moy?
Quoy, Neptune pour vous est-il si plein d'effroy,
Que sur la terre aussi vous craigniez sa cholere?
Au reste pensez-vous qu'il songe à nous déplaire?
Ce Monarque est trop juste, il n'a pas ce dessein,
Peut-estre qu'il vomist quelque roc de son sein,
Ou qu'il cache des champs dans ce ventre fertile,
Et proche de ces bords veut enfanter vne Isle.
Il acheuoit encor que ce vaste élement
Esbranslant les rochers mugit horriblement
Alors ce Globe d'eau s'entr'ouure, & sur le sable
Vomit auecque effort vn monstre épouuantable.

Il est suiuy d'vn flot de l'élement amer
Qui luy fait sur la terre vne petite mer,
Et redoublant la peur dont la troupe est atteinte
Nous ameine ce mal plus grãd que nostre crainte.

THESEE.

Ce prodige enfanté de la fureur de l'eau
Parut-il à vos yeux sous quelque corps nouueau?

ATHYS.

C'estoit vn grãd Taureau de ces humides plaines,
Qui seroit vn Gean mesme entre les baleines :
Et sa teste, & son col estoient du mesme teint
Dont des flots de la mer le moite dos est peint,
Les fentes des naseaux sont largement ouuertes,
D'vn rouge pâlissant ses costes sont couuertes,
Et le reste du corps tout d'écailles semé
Tient de cét Element qui l'auoit animé:
Les yeux estinceloient à cét effroy des ames,
Et sa gueulle en s'ouurant vomissoit mille flames,
Tout trẽble à son aspect, & cét object d'horreur
A tous ceux d'alentour donne de la terreur.
Les troupeaux effrayez courẽt par les campagnes,
Les Chasseurs estonnez grimpẽt sur les mõtagnes,

Et parmy les forests cherchent pour se cacher
Quelques buissons touffus ou le creux d'vn rocher.
Mõ Prince sans trẽbler, & plein d'vn grãd cou-
Sans fuir honteusement de ce triste riuage, (rage,
R'anime ses cheuaux de frayeur égarez,
Leur tient la bride roide, & les rend asseurez.
Ce monstre incontinent prend sa force, s'eslance,
Et fond deuers mon Prince auecque violence;
Il crie, il frappe en vain, ses soings sont superflus,
Ses cheuaux sont troublez, & n'obeyssent plus;
Le monstre les poursuit, & quittant le derriere,
Les deuance, s'arreste, & leur sert de barriere.
Mon Prince sans paslir luy jette des regards
Capables de porter la peur au sein de Mars,
Et d'vne voix tonnante il luy dit ces paroles;
Tu fais pour m'effrayer des menasses friuoles,
I'ay de mon pere appris à vaincre les Taureaux,
Et ne les crains pas plus quoy qu'ils viennent des
eaux.

LYCRATE.

Cette grande valeur sans borne & sans limite
Fait certes, fait bien veoir le pere d'Hippolyte.

THESEE.

*Faut-il que le vice entre en ces cœurs genereux?*
*Mais acheue.*

ATHYS.

*A l'aspect de cét object affreux*
*Les cheuaux estonnez de cét erreur si proche*
*Se cabrent aussi-tost & renuersent le coche:*
*Et mon Prince surpris dans vn malheur si prõpt,*
*Tombe cruellement, & se meurtrit le front;*
*En tombant il s'attache à son coche, & des rhenes*
*Il fait à ses deux pieds de malheureuses chesnes,*
*Et plus à les deffaire il employe d'effort,*
*Il redouble les nœuds & les serre plus fort.*
*Les cheuaux cepẽdant sans guide & sãs cõtrainte*
*Courent de tous costez où les porte la crainte,*
*Et marquent leur chemin par des traces de sang,*
*Rompent sur des rochers ou sa teste, ou son flanc,*
*Des rochers dans le bois, & du bois au riuage,*
*Ils laissent des morceaux de son rare visage.*
*De sanglãtes noirceurs tout sõ beau frõt est peint,*
*Les ronces vont brisant les roses de son teint;*
*L'on voit de cét horreur les espines tremblantes,*

Mõstrer de ses cheueux sur des pointes sanglãtes;
Vn buisson en passant retient vn de ses yeux,
Ce qui reste en ce lieu s'arrache en d'autres lieux,
Sa teste sans visage apres le coche roule,
Et le long des rochers la ceruelle decoule.
Les cheuaux ignorans de ces tristes malheurs,
Traisnent le corps gesné des dernieres douleurs.
En fin ce tronc sanglant en morceaux se separe,
Et mis en mille lieux de soy-mesme s'égare.
Mes compagnons tesmoins d'vne telle rigueur,
Tous les larmes aux yeux, & la tristesse au cœur,
De ce corps que les Dieux firent incomparable
Cherchoient de tous costez le reste deplorable.
Nous treuuions seul à seul en des lieux differents
Du sãg glacé sur l'herbe, & des mẽbres mourãts;
Les chiens tristes aussy du malheur de leur maistre
Sentoiẽt ceux que les bois empéchoiẽt de paraistre.

LYCRATE.

Dieux dõnez vous aux grãs de sẽblables tõbeaux?
Destruisez-vous ainsi des ouurages si beaux?
Quoy, faites-vous tomber l'orage & les rauines
Aussi bien sur les fleurs comme sur les espines?

Pensez-vous bien par là mõstrer vostre grandeur
En faisant d'vn miracle vn monstre de laideur?
Et ne bastissez-vous des maisons si pompeuses
Que pour en faire apres des ruines fameuses.

THESEE.

Que la nature, ô Dieux! a d'Empire sur tous!
Qu'elle nous rend sujets à ses loix malgré nous!
Ie hay ce criminel, i'ay sa mort souhaitée,
Et ie pleure à present qu'elle m'est rapportée.

LYCRATE.

Que ce monstre aueuglé dont les injustes loix
Reglent insolemment la fortune des Rois,
Conduit estrangement son inconstante rouë
Qui du peuple & des grands égallement se jouë.
Elle adoroit hier ce Prince genereux,
Et le traicte aujourd'huy d'vn mépris rigoureux;
Elle l'auoit porté par dessus la tempeste,
Aujourd'huy sous ses pieds elle foule sa teste,
Et trompant Hippolyte auecque vn faux accueil
Luy presentoit vn trosne & luy dõne vn cercueil.

THESEE.

Mais Athys à la fin de ces malheurs funestes,

Où mit-on de mon fils les déplorables reſtes?

ATHYS.

*Nous auons apporté dedans voſtre Chaſteau*
*Ses membres déchirez d'vn ſupplice nouueau.*
*Et la Reyne a voulu qu'on portât deuant-elle*
*Les reſtes malheureux d'vne mort ſi cruelle.*

THESEE.

*Lycrate, alons lauer ſon ſang auec nos pleurs.*

LYCRATE.

*„En vain apres leur mort on arroſe des fleurs.*

# ACTE V.

## SCENE II.

PHEDRE seule dans son Cabinet tendu en dueil, ayant deuant elle vn cercueil ouuert accommodé de noir, & entouré de Cyprés où sont les membres d'Hippolyte.

*QVel monstre sanguinaire, ou quel Tyran barbare*
*A brisé de la sorte vn ouurage si rare?*
*Hippolyte, ie voy ton beau corps deschiré,*
*Ton beau corps que j'auois si long-temps adoré.*
*Ces flambeaux sont esteints, ces autheurs de ma flame,*

Ces

*Ces beaux yeux, ces Soleils n'éclairẽt plꝰ mõ ame,*
*La mort dedans ton sang aujourd'huy les esteint;*
*Son orage est tombé sur les fleurs de ton teint;*
*Ie ne voy ny ton front ny ta bouche vermeille,*
*Ie ne voy point icy ta grace nompareille,*
*Dans ces restes sanglans d'vn horrible trépas*
*Ie te cherche Hippolyte, & ne t'y treuue pas.*
*Apres auoir causé ce carnage funeste,*
*Puis-je veoir de ton corps le depolorable reste?*
*Sans arracher mon cœur, dont les sales amours*
*T'ont fait sortir du mõde au Printẽps de tes jours?*
*Est-ce là le present que mon amour merite?*
*Ce sang & ces morceaux sont-ce mõ Hippolyte?*
*Donc sans me le donner les Dieux me l'ont rendu,*
*I'apprends en le treuuant qu'enfin ie l'ay perdu;*
*Le Ciel croit-il par là m'estre bien fauorable?*
*Le cruel me rauit vn object adorable,*
*Et ne rend maintenant à mes vœux abusez.*
*Qu'vn Cadaure sanglãt, & des membres brisez.*

# ACTE V.

## SCENE III.

THESEE. PHEDRE. LYCRATE.

THESEE.

*Qvelle douleur, Madame, a vostre ame blessée?*
*Quel ennuy violent trouble vostre pensée?*
*Et pourquoy versez-vous des larmes sur ce corps*
*Que vostre haine a mis dans l'Empire des morts?*

PHEDRE.

*O malheureux Thesée autheur de nos trauerses,*
*Qui fais naistre chez toy tant de peines diuerses,*
*Tousiours à ta maison ton retour est fatal,*
*Et tu ne reuiens point sans nous faire du mal:*

Ton arriuée en fin de ce malheur suiuie
A ton Pere & ton Fils a fait perdre la vie.
Voy, voy les beaux effets de ton aueugle erreur,
Voy ton Fils en l'estat où l'a mis ta fureur.
Hippolyte, Hippolyte, en fin ie te veux suiure,
I'ay trop d'ennuis au cœur & trop d'amour pour (viure,
R'appelle ton esprit, escoute mes discours,
Ie ne te parle plus de mes sales amours,
Tu n'as pas partagé mes ardeurs insolentes,
Mais ie veux partager tes douleurs violentes,
Nous aurons en ce point tous deux vn mesme sort
Que ie m'en vais mourir comme Hippolyte est mort;
L'Enfer plus que le Ciel fauorable à mes flames,
En separant nos corps assemblera nos ames.
Ecoute pere iniuste, & pire encor que moy,
Ton Fils n'a rien iamais conspiré contre toy,
C'est moy, c'est moy cruel, de qui la flame impure
A conçeu ce forfait horrible à la nature,
Et tu punis ton Fils d'vn crime supposé;
Il fuit ayant apris ce que j'auois osé.
Mais voy le chastiment que ton crime merite.

Elle se tuë auecque vn poignard qu'elle tenoit caché.

*Adieu Pere inhumain, ie sui ton Hippolyte.*

LYCRATE ayant approché de la Reyne pour empescher son dessein.

*Dieux! mon secours est vain, ce coup plein de ri-*
*gueur*
*A porté le trépas jusque dedans son cœur.*

# ACTE V.

## SCENE DERNIERE.

THESEE. LYCRATE.

THESEE.

Effroyables cachots, creux & vastes abysmes,
Et vous qui des mortels y punissez les crimes,
Cruels, sanglans bourreaux de ces funestes lieux,
Que ne m'arrachez-vous de la clarté des Dieux?
Que n'ouurez-vous sous moy vos voûtes tenebreuses
Pour me mettre au sejour des ombres malheureuses?
Ne me laissâtes-vous échapper de vos fers
Et repasser les eaux qui lauent les Enfers,

Que pour commettre icy cette action infame,
Pour cõduire chez vous & mon fils, & ma fẽme?
Et pour cheoir de plus haut dans ce profond sejour
Où le Ciel est tousiours sans astres & sans iour?
Voyla donc Hippolyte? ô l'excellent ouurage
Que produit aujourd'huy ma furieuse rage?
Ha que Neptune & moy nous faisons vn beau coup? (coup?
Nous monstrõs bien par là que nous pouuõs beau-
Que le tiltre d'autheurs de ces nouuelles gesnes
Fera d'hõneur aux Rois & des eaux & d'Athe- (nes?
Qu'vn fils reuiẽne ainsi du vœu de ses parẽs?
Et qu'on mette Thesée au nombre des Tyrans?
Que l'on reproche vn iour à ma gloire accusée,
Hippolyte mourut de la main de Thesée,
Qui déchirant son fils sans vice & sans defaux,
Commit vn vray forfait pour en punir vn faux.

LYCRATE.

Il le faut auoüer Monarque incomparable,
Nous deuons des regrets à ce Prince adorable
Dont les tristes malheurs vous causent cét ennuy,
Et qu'vne prompte mort nous dérobe aujourd'huy;

Mais ie croyois qu'il fust à la mort impoßible
D'ébransler de mon Roy le courage inuincible.

THESEE.

Mon esprit se tourmente & s'afflige si fort
De l'auoir fait mourir, & non pas de sa mort.
Ie sçauois que l'esprit de mon chaste Hippolyte
Deuoit vn iour passer l'eau noire du Cocyte,
Que les plus beaux objets ne durent pas le plus,
Que pour les trépassez nos pleurs sont superflus;
Außi rien de cela ne fait naistre ma plainte,
C'est d'esteindre vne vie & si chaste, & si sainte.

LYCRATE.

„Le forfait quoy qu'on die & quoy que nous fas-
„Suit nostre volonté, non pas nos actions. (sions
Vos regrets en ce point ne sont pas legitimes,
Vn innocent ainsi peut commettre des crimes.
Ce point peut adoucir vn regret si puissant
Que vostre fils au moins fut tousiours innocent,
Et que ce successeur dont les destins vous priuent
Mourut plus cõstammẽt que les autres ne viuent.

THESEE.

Au contraire, ce point augmente mon forfait.

Voyla le beau present que mon ayeul m'a fait!
Ha voyla dõc mõ Fils, & ceux qui l'õt fait naistre
L'ont mis en cét estat où ie le voy paraistre?
Foudroyez justes Dieux, & tonnez dessus moy,
„Il n'appartient qu'à vous de deffaire vn grand (Roy;
Ie merite la mort, & pourrois à cette heure
Voir sans vostre secours l'infernalle demeure;
„Mais tousiours la fureur est meslée au dessein
„De ceux qui de leurs bras se transpercent le sein;
„Au moins accuse-on d'vn desespoir infame
„Celuy qui fait luy-mesme vn passage à son ame.
Apprestez donc pour moy d'horribles chastimens,
„Iamais vn criminel n'ordonne ses tourmens;
Prenez de mon trépas vne vangeance insigne,
Car aucun des mortels de cét honneur n'est digne.
Ie verray sans paslir vne noire vapeur
Faire trembler le Ciel & la terre de peur,
Vos orages, vos vents, vos gresles, vos tonnerres
Se feront deuant moy d'espouuantables guerres,
Vo⁹ pleuuerés des feux, des rochers, & des dards,
Les plaines ferõt choir leurs monts de toutes parts,
Vous ferez des humains d'horribles funerailles,

Et la

*Et la terre ébranslée ouurira ses entrailles,*
*Et parmy ces effets de vostre ardent courroux*
*Vous me verrez encor plus asseuré que vous.*
*Faites, faites sortir de ces noires abysmes*
*Les sanglantes fureurs qui punissent les crimes,*
*Qu'elles cherchent pour moy des supplices nou-*
*ueaux,*
*Ma constance à la fin lassera mes bourreaux,*
*Ils creueront de voir leur rage méprisée,*
*Et pour moy ie mourray justement en Thesée.*
*Quoy, vous me refusez vn si juste trépas?*
*Si mes vœux n'estoient bons vous ne le feriez pas,*
*Si ie vous demandois vn forfait des-honneste,*
*Vostre faueur pour moy se verroit desia preste.*

LYCRATE.

*Pour mieux calmer Grãd Roy, ces fortes paßiõs,*
*Il faut oster l'object de vos afflictions,*
*Et que selon vostre ordre à ces deux corps on rende*
*Les extrémes deuoirs que nature demande.*

THESEE.

*Ha femme sans honneur qui cause ses effets,*
*L'Enfer peut-il punir tes horribles forfaits?*

*Qu'vne Reyne ait bruslé d'vne flame si noire,*
*Et que l'ō voye vn iour ce crime en nostre histoire?*
*Que l'Enfer pour punir vn si sale dessein*
*Nourrisse incessamment des serpens dans tō sein,*
*Qu'en toy tous ses tourmens en vn seul il assemble,*
*Et que tous ses bourreaux te martirent ensemble.*
*Princes qui ne voyez que par les yeux d'autruy,*
*Voyez où mon erreur me reduit auiourd'huy,*
*Et prenez garde en fin à croire de la sorte*
*Et vous fier ainsi sur ce qu'on vous rapporte;*
*On ne vous conte rien qui ne soit déguisé,*
*Et par là vostre esprit est souuent abusé,*
*Et ne peut aller droit marchant dans ces tenebres.*
*Mais allons dōc soigner à leurs pompes funebres,*
*Allons rendre à mō Fils ce que l'on doit aux morts,*
*Et laisser au cercueil & ma ioye & son corps.*

FIN.

# AVTRES OEVVRES POETIQVES DV MESME AVTHEVR.

M. DC. XXXV.

# PARAPHRASE DE L'ODE V. DV L. IV. D'HORACE.

*ACCOMMODEE A NOSTRE TEMPS.*

## A MONSIEVR MENAGE.

*LES neges ne sont plus vn grand voile à Cerés,*
*On voit ses cheueux verds sur le front des guerets,*
*Son visage n'est plus si pâle,*
*Son chef est aujourd'huy tout couronné de fleurs,*

*Elle a quitté le blanc, & la nature estale*
*Sur son dos verdoyant mille belles couleurs.*

*Les arbres qui sembloient n'auoir plus cette force*
*De former des rameaux & d'en percer l'écorce*
*A dix mille fueillages verds,*
*Font bien veoir à present que malgré la froidure,*
*Et l'Hyuer rigoureux qui les a découuerts,*
*Ils vont reprendre encor leur aymable verdure.*

*La terre semble naistre vne seconde fois,*
*Nous voyons r'ajeunir & les monts & les bois;*
*Les eaux ne sont plus sans riuage,*
*Le Soleil s'approchant les a fait retirer;*
*Et Zephir fait danser les Nymphes à l'ombrage,*
*Au bransle des rameaux qui le font souspirer.*

*L'eternel changement des saisons de l'année*
*Est vn pourtrait au vif de nostre destinée,*
*Et l'Vniuers est vn tableau*
*Où des trais excellés sôt voir ce que nous sommes,*
*Où l'air, les vents, le feu, le tẽps, le sable, & l'eau*

Peignent naïfuement l'inconstance des hommes.

Aussi tous ces beaux iours dont le cours si leger
N'est que pour n'estre plus, n'est constãt qu'à chã-
Ce temps qui n'a point de durée, (ger,
Te disent auiourd'huy que ton destin est tel,
Que leur commune fin à ton sort preparée
T'apprẽdra qu'ẽ ces lieux il n'est rien d'immortel.

A peine les Zephirs de leurs tiedes haleines
R'echauffent-ils vn peu la face de nos plaines
En parfumant de mille odeurs
Les vestemens à fleurs de leur aymable flore
Que l'Esté renaissant plein de viues ardeurs
Viẽt brûler le Printẽps qui semble naistre encore.

L'Automne s'approchant à son tour de ses lieux
Ameine auecque soy tout le canon des Cieux,
Et liurant vne horrible guerre
A ce jeune boüillant enflammé de courroux,
Il l'estourdit en fin du bruict de son tonnerre,
Le bannist de ces lieux, & reste parmy nous.

Mais il n'a pas si tost dépoüillé nos campagnes
Et meury les raisins sur le dos des montagnes,
Qu'on reuoit desia les glaçons,
Que l'Hyuer tout chenu par sa froideur extréme
Paue de marbre gris l'Empire des poissons ;
Change la terre en pierre, & se gele soy-mesme.

Mais la course des mois semblable à ces éclairs
Qui dedans vn moment transpercent tous les airs
Rend aussi-tost à la nature
Ce qu'à ses élemens l'Hyuer auoit osté,
Et ce Vieillard n'a point de si longue froidure
Que n'échauffent en fin le Printemps ou l'Esté.

Iamais dessus la mer vn eternel orage
Ne fit perdre aux Nochers l'espoir & le courage :
Iamais vne nuit sans matin
N'empescha le Soleil ou le iour de paraistre ;
Et les plus simples fleurs ont vn si bon destin
Qu'vne fois tous les ans nous les voyons renaistre.

Mais nous qui sommes nez sous vn plus rude sort

Depuis

Depuis que les pauots du sommeil de la mort
Viennent assoupir nos paupieres
Le corps sans s'éueiller dort éternellement
Et tous ceux qu'ils font cheoir dedans nos Cime-
Ne s'en releueront qu'au iour du jugement. (tieres

Quand nostre esprit au point de nostre derniere
Abandonne immortel sa mortelle demeure (heure
Et qu'il s'enuole dans les Cieux
L'homme n'est plus qu'vn ombre, il viēt de se dis-
soudre
Son corps sans mouuement reste dedans ces lieux
Et n'est en peu de temps plus rien que de la poudre.

Où sont ces braues Chefs qui parmy les hazards
Cueilloiēt tant de lauriers dās les jardins de MARS?
Qu'est deuenu ce GRAND Monarque?
Dōt tous les Rois craignoiēt les desseins si couuers,
Dont la rare valeur faisoit trembler la Parque,
Et paslir deuant luy le front de l'Vniuers.

Apres auoir fait voir comme vn second Auguste

Toute la terre en paix sous vn regne si juste,
Et par vn miracle impreuû
Laissé dedās la France vn Fils plus IVSTE encore,
Vn Fils, le plus grand Roy que l'Vniuer ait veu;
Il meurt d'vn traistre coup que l'Enfer mesme abhorre.

Qui d'entre les mortels sçait combien de ses jours
Les trois fatales sœurs deuideront le cours?
Qui sçait si les Cieux ont enuie
De r'allumer encor leurs Estoilles pour luy?
Et s'ils voudront bien joindre en faueur de sa vie
La clarté de demain à celle d'aujourd'huy?

Quand l'Astre dont ta vie est si bien gouuernée
Aura parfait la course à tes iours destinée,
Et que le souuerain des Cieux
Aura receu là haut ta belle ame enuollée,
Iamais mon cher MENAGE en ces terrestres lieux
Elle ne descendra de la voûte estoilée.

Quand vne fois la terre ouuerte pour ton corps
Aueuglera tes yeux dedans la nuit des morts,

Toutes tes vertus éclattantes
N'auront plus le pouuoir de luy rendre le iour,
Et les fatales sœurs en ce point trop constantes
Ne l'osteront iamais de ce sombre sejour.

Ainsi iusqu'à present la valeur de Thesée
S'est au cachot des morts vainement amusée
Pour tirer son amy des fers ;
Et Venus elle-mesme a trop peu de puissance
Pour veoir son Adonis échappé des Enfers,
Et faire de sa mort éclore sa naissance.

# L'ADIEV D'ALIDOR A OLYMPE.

## STANCES.

*EN fin adorable merueille ,*
*Le destin contraire à mes feux*
*Dérobant à mes yeux ta beauté nompareille*
*Se rit auiourd'huy de mes vœux ;*
*Et l'Hyuer qui ne voit que de rudes espines*
*Aux champs que sa rigueur a dépoüillez de fleurs ;*
*Me vient aussi priuer de tes graces diuines ,*
*Et ne me laisse rien que de tristes douleurs.*

*Vn deuoir Tyran de mon aise.*
*Comme pour ébranler ma foy,*

*Ou bien pour amortir les ardeurs de ma braiſe*
*M'oblige à m'eſloigner de toy:*
*La ſaiſon tous les ans chaſſe de l'Hemiſphere*
*Le Soleil dont l'Hyuer s'eſt rendu le vainqueur,*
*Mais vſant pour moy ſeul d'vne rigueur cõtraire,*
*Elle me fait quiter le ſoleil de mon cœur.*

*Mais quoy qu'auecque ſa froidure*
*L'Hyuer trouble les Elemens,*
*Et que par ſes frimas tout l'Vniuers endure*
*La perte de ſes ornemens,*
*Ie garderay pourtant le braſier de mon Ame*
*Parmy tous ſes glaçons & toute ſa froideur,*
*Car biẽ loing que l'hyuer puiſſe eſtaindre la flame,*
*Le froid la fait bruſler auecque plus d'ardeur.*

*Adieu donc parfaite Maiſtreſſe,*
*Dont ie reuere les appas,*
*Et croy qu'auant le iour qu'Alidor te delaiſſe*
*Il ſouffrira mille treſpas.*
*Adieu charmant obiect, Beauté rare & celeſte.*
*Adieu donc, & du moins permets qu'à cette fois,*

Ma plume puiſſe écrire vn Adieu ſi funeſte
Puiſque ce triſte mot n'oſe occuper ma voix.

Sois auſsi conſtante que belle,
Olympe, ſonge en noſtre amour,
Et moy ſongeant en toy ie te ſeray fidelle
Autant que ie verray le iour.
Adieu, las! que ce mot cruellement me touche!
Et qu'vn faſcheux deuoir m'abſente de ce lieu?
Ha! ce penſer liant & ma main & m'abouche,
Auec mille ſoupirs vient trancher cét adieu.

# SVR VNE IALOVSIE MVTVELLE.

## EPIGRAMME.

*TV te plains, Beau Soleil, que l'obiect qui t'engage*
*Te suit quand tu le fuis, te fuit quand tu le suis:*
*Mais en vain cet effect inquiete tes nuis,*
*Car ne sçais-tu pas que l'ombrage*
*Par vn ordre tousiours pareil*
*Suit & fuit ainsi le Soleil.*

## SVR VNE
# COVRTISANE DEVENVE AVEVGLE.

### EPIGRAMME.

ARtenice à l'am[illegible]our mieux gouſter ſes fruits
Demandoit de fort longues nuits:
Et cette Dëité ſi long-temps reuerée,
Les fait eſtre à la fin d'eternelle durée.

FIN.

www.ingramcontent.com/pod-product-compliance
Ingram Content Group UK Ltd.
Pitfield, Milton Keynes, MK11 3LW, UK
UKHW031900260826
14628UKWH00002B/900

9 782014 432749